Ay, William

Elizabeth Strout

Ay, William

Traducción del inglés de Catalina Martínez Muñoz

Papel certificado por el Forest Stewardship Council®

MIXTO
Papel procedente de
fuentes responsables
FSC® C117695

Penguin
Random House
Grupo Editorial

Título original: *Oh William!*
Primera edición en castellano: enero de 2022

© 2021, Elizabeth Strout
Esta traducción ha sido publicada gracias al acuerdo con Random House,
un sello y división de Penguin Random House LLC
© 2022, Penguin Random House Grupo Editorial, S.A.U.
Travessera de Gràcia, 47-49. 08021 Barcelona
© 2022, Catalina Martínez Muñoz, por la traducción

© Diseño: Penguin Random House Grupo Editorial, inspirado en un diseño original de Enric Satué

Printed in Spain – Impreso en España

ISBN: 978-84-204-6097-0
Depósito legal: B-17632-2021

Compuesto en MT Color & Diseño, S.L.
Impreso en Unigraf, Móstoles (Madrid)

AL60970

Le dedico este libro a mi marido,
Jim Tierney

Y a quien lo necesite: esto es para ti

Me gustaría decir unas cuantas cosas sobre mi primer marido, William.

William ha vivido últimamente experiencias muy tristes —como muchos de nosotros—, y me gustaría contarlas; es casi una obsesión. William tiene setenta y un años.

David, mi segundo marido, murió el año pasado, y al llorar por él he llorado también por William. La pena es…, ¡ay!, es una cosa muy solitaria; creo que en eso reside el terror que inspira. Es como resbalar por la fachada de un edificio de cristal muy alto cuando nadie te ve.

Pero es de William de quien quiero hablar aquí.

Se llama William Gerhardt, y cuando nos casamos yo adopté su apellido, a pesar de que entonces no estaba de moda. Mi compañera de habitación en la facultad me dijo: «Lucy, ¿vas a adoptar su apellido? ¡Pero si tú eras feminista!». Y le contesté que me traía sin cuidado ser feminista; le dije que ya no quería serlo. En esa época estaba harta de mí misma, llevaba toda la vida sin querer ser quien era —eso pensaba entonces—, y por eso adopté su apellido y durante once años fui Lucy Gerhardt, pero nunca llegué a sentirme cómoda y en cuanto murió la madre de William fui a la oficina de tráfico para que pusieran otra vez mi nombre de soltera en el carnet de conducir, un trámite que resultó más difícil de lo que imaginaba. Tenía que volver y presentar varios documentos del juzgado. Y eso hice.

Volví a ser Lucy Barton.

Llevábamos más de veinte años casados cuando lo dejé, y tenemos dos hijas, y nuestra relación ahora es muy cordial: no sé exactamente cómo. Hay muchas historias de divorcio horrorosas. La nuestra, al margen de la separación en sí, no lo es. Yo a veces pensaba que me moriría de pena si nos separábamos, y en el daño que les haría a mis hijas, pero no me he muerto: estoy aquí, y William también.

Como soy novelista, tengo que escribir esto casi como si fuera una novela, aunque todo es cierto; tan cierto como me sea posible. Y quiero decir que... ¡Ay, qué difícil es saber qué decir! Pero si cuento algo de William es porque él me lo dijo o porque lo vi con mis propios ojos.

Voy a empezar esta historia cuando William tenía sesenta y nueve años, es decir, hace menos de dos.

Una imagen:

De un tiempo a esta parte, a la ayudante de laboratorio de William le ha dado por llamar a William «Einstein», y a William por lo visto le hace mucha gracia. Yo no creo que William se parezca en nada a Einstein, pero entiendo la intención de la chica. William tiene un buen bigote, blanco y con algo de gris, pero es un bigote más bien recortado. Tiene un buen pelo blanco. Se le pone de punta a pesar de que lo lleva corto. Es alto y viste muy bien. No tiene esa pinta de chiflado que en mi opinión transmitía Einstein. La expresión de William suele ser de amabilidad inquebrantable, menos cuando echa la cabeza hacia atrás y se ríe con ganas, muy de vez en cuando; hace mucho que no lo veo hacer eso. Tiene los ojos castaños y todavía grandes. No todo el mundo conserva los ojos grandes cuando se hace mayor, pero William sí.

Bueno...

William se despertaba todas las mañanas en su espacioso apartamento de Riverside Drive. Imagínenselo: retira el edredón esponjoso con su funda de algodón azul marino y va al baño mientras su mujer sigue durmiendo en la cama extragrande. Y todas las mañanas se levantaba entumecido, pero hacía su tabla de ejercicios en el salón; tumbado de espaldas en la alfombra roja y negra, debajo de la antigua araña, pedaleaba en el aire como si fuera en bicicleta y luego se estiraba así y asá. Después pasaba a la butaca de color berenjena, al lado de la ventana que miraba al río Hudson, y leía la prensa en el ordenador. En algún momento, Estelle salía del dormitorio, lo saludaba con la mano adormilada y se iba a despertar a su hija Bridget, que tenía diez años, y cuando William ya se había duchado desayunaban los tres en la mesa redonda de la cocina. A William le gustaba esa rutina y también que su hija fuese una niña charlatana.

Era como escuchar a un pájaro, dijo una vez. Y su madre también era charlatana.

William salía de casa, cruzaba Central Park, cogía el metro hasta la calle Catorce y desde allí iba andando a la Universidad de Nueva York. Le gustaba este paseo diario, aunque notaba que no iba tan deprisa como la gente joven, que pasaba a empujones con bolsas de comida, carritos para dos niños, mallas de licra, auriculares y alfombrillas de yoga colgadas en bandolera de un elástico. Se animaba pensando que era capaz de adelantar a mucha gente: a un anciano con andador o a una mujer con bastón, incluso a una persona de su edad que al parecer caminaba más despacio que él, y aquello le hacía sentirse sano y vivo, casi invulnerable, en un mundo de tráfico incesante. Se jactaba de andar más de diez mil pasos al día.

Lo que quiero decir es que William se sentía (casi) invulnerable.

A veces, durante esos paseos matinales, pensaba: ¡Ay, Dios! Yo podría ser ese hombre, el de la silla de ruedas que sale a tomar el sol por la mañana a Central Park, con la cabeza caída sobre el pecho, mientras la mujer que lo acompaña teclea en el móvil sentada en un banco; o ese de ahí, el del brazo torcido por un infarto que avanza con paso torpe... Pero luego pensaba: No, yo no soy como ellos.

Y no era como ellos. Era, como ya he dicho, un hombre alto que no había engordado con los años (tenía solamente algo de tripa, pero con la ropa no se le notaba), conservaba el pelo, blanco pero abundante, y era... William. Y tenía una mujer, la tercera, veintidós años más joven que él. Y esto no era poca cosa.

Pero de noche, con frecuencia, sufría terrores nocturnos.

William me lo contó una mañana, no hará ni dos años, tomando un café en el Upper East Side. Quedamos en una cafetería de la esquina de la calle Noventa y uno con Lexington Avenue. William tiene mucho dinero y dona buena parte de él, y una de las instituciones a las que dona es un hospital para adolescentes que hay cerca de donde vivo, y antes, cuando tenía una reunión allí a primera hora, me llamaba y nos tomábamos un café rápido en esa esquina. Aquel día —era marzo, unos meses antes de que William cumpliera los setenta— nos sentamos en un rincón de la cafetería. Habían pintado tréboles en las ventanas, por el Día de San Patricio, y pensé —sí, eso pensé— que William parecía más cansado que de costumbre. He pensado muchas veces que William gana atractivo con la edad. El pelo blanco le da un aire distinguido; ahora lo lleva un poquito más largo que antes, algo despegado de la cabeza, y lo compensa con el bigote grande y caído. Tiene los pómulos más marcados y los ojos todavía oscuros; y esto es un pelín raro porque te mira de lleno —de un modo agradable—, pero de vez en cuando la mirada se vuelve inquisitiva. ¿Qué indaga con esa mirada? Nunca lo he sabido.

Ese día, en la cafetería, cuando le pregunté: «¿Cómo estás, William?», esperaba que contestara como hace siempre, con ironía: «Pues estupendamente, Lucy, gracias». Pero esa mañana se limitó a decir: «Bien». Llevaba un abrigo largo y negro, que se quitó y dejó doblado en la silla de al lado antes de sentarse. Lucía un traje hecho a medida —desde que conoció a Estelle le hacía los trajes un sastre—, perfectamente ajustado a los hombros, de color gris oscuro, con camisa azul claro y corbata roja: tenía un aire solemne. Cruzó los brazos como hace a menudo. «Tienes buen aspecto», dije. Y contestó: «Gracias». (Creo que William nunca me ha dicho que estoy guapa, ni siquiera que estoy bien, ni una sola vez a lo largo de los años que nos hemos estado viendo, y la verdad es que yo siempre esperaba que me lo dijera). Pidió los cafés y echó un vistazo alrededor mientras se atusaba ligeramente el bigote. Habló un rato de nuestras hijas. Se temía que Becka, la pequeña, estaba enfadada con él; la notó algo seca por teléfono un día que la llamó solo para charlar, y le dije que le diera espacio, que Becka se estaba adaptando a su vida de casada. Seguimos hablando un poco más, de esto y lo otro, hasta que William me miró y dijo: «Botón, quiero contarte una cosa». Se inclinó un momento hacia delante. «Últimamente tengo terrores en mitad de la noche».

Cuando me llama por el apodo de cuando estábamos juntos significa que está más cercano de lo habitual, y a mí siempre me emociona.

—¿Quieres decir pesadillas?

Ladeó la cabeza como si sopesara la pregunta.

—No. Me despierto. Es en la oscuridad cuando me vienen las cosas —y añadió—: Nunca me había pasado. Pero es terrorífico, Lucy. Me aterra.

Volvió a inclinarse y dejó la taza de café en la mesa.

Lo miré unos segundos.

—¿Estás tomando alguna medicación distinta?

Frunció ligeramente el ceño y contestó que no.

—Prueba a tomar un somnífero —le sugerí.

—Nunca he tomado somníferos —dijo, cosa que no me sorprendió. Pero añadió que su mujer sí lo hacía.

Estelle tomaba varias pastillas por la noche, tantas que él había dejado de intentar entender para qué eran. «Voy a tomarme mis pastillas», decía alegremente, y en menos de media hora estaba dormida. William dijo que no le molestaba, pero que las pastillas no eran para él. El caso es que a las cuatro horas a menudo se despertaba, y era entonces cuando solían empezar los terrores.

—Cuéntamelo —le pedí.

Y me lo contó, mirándome solo de vez en cuando, como si siguiera dentro de los terrores.

Un terror: no podía ponerle nombre, pero tenía algo que ver con su madre. Su madre —se llamaba Catherine— había muerto hacía muchos, muchos años, pero en este terror nocturno en concreto William sentía su presencia. No era una presencia agradable y eso lo sorprendía, porque la había querido mucho. Había sido hijo único y siempre entendió el amor feroz que su madre (sin decirlo) sentía por él.

Para superar este terror, mientras estaba despierto en la cama, al lado de su mujer dormida —me lo dijo ese día y casi me mata—, pensaba en mí. Pensaba que yo estaba viva, en ese preciso instante, que estaba viva, y eso le daba tranquilidad. Porque sabía que si se veía en la necesidad —explicó mientras colocaba la cucharilla en el plato de la taza de café—, aunque no quisiera, de hacerlo en mitad de la noche, sabía que si tuviera que hacerlo, me llamaría y yo cogería el teléfono. Me dijo que había descubierto que mi presencia era su mayor tranquilidad y gracias a eso podía volver a dormirse.

—Por supuesto que puedes llamarme en cualquier momento.

Y William me miró con impaciencia.

—Ya lo sé. Eso es lo que quería decir —señaló.

Otro terror: este tenía que ver con Alemania y con su padre, que murió cuando William tenía catorce años. A su padre lo trajeron de Alemania como prisionero de guerra —de la Segunda Guerra Mundial— y lo mandaron a trabajar a los campos de patatas de Maine, donde conoció a la madre de William, casada con el dueño de las tierras. Este podría haber sido el peor terror de William, porque su padre combatió en el bando de los nazis, y William se acordaba de esto en plena noche y le daba pavor: veía con claridad los campos de concentración —los visitamos en un viaje a Alemania— y las cámaras donde gaseaban a la gente, y tenía que levantarse, ir al cuarto de estar, encender la luz, sentarse en el sofá y mirar el río por la ventana, y cuando lo asaltaban estos terrores no le servía de nada pensar en mí ni en ninguna otra cosa. No eran tan frecuentes como los de la presencia de su madre, pero lo pasaba fatal cuando le asaltaban.

Otro más: este tenía que ver con la muerte. Tenía que ver con la sensación de irse; casi llegaba a sentir que dejaba este mundo y, como él no creía que hubiese otra vida, algunas noches esto le daba pánico. Normalmente podía quedarse en la cama, pero a veces se levantaba, iba al cuarto de estar y se sentaba en la butaca de color berenjena a leer un libro —le gustaban las biografías—, hasta que notaba que podía volver a dormirse.

—¿Desde cuándo te pasa esto? —pregunté.

La cafetería en la que nos encontrábamos llevaba años abierta y estaba abarrotada a esa hora de la mañana; después de servirnos el café habían lanzado sobre la mesa cuatro servilletas de papel blancas.

William miró por la ventana, como si se fijara en una mujer mayor que pasaba en una especie de andador con asiento: iba muy despacio, doblada, y el viento le levantaba el abrigo por detrás.

—Desde hace unos meses, creo.

—¿Quieres decir que empezaron de repente?

Me miró con los ojos oscuros y las cejas despeinadas.

—Creo que sí —asintió. Al cabo de un segundo se reclinó en el asiento y añadió—: Debe de ser que me estoy haciendo viejo.

—Puede —dije, aunque no estaba segura de que fuera eso. William siempre ha sido un misterio para mí, y también para nuestras hijas. Y le sugerí—: ¿Quieres ver a alguien para contárselo?

—No, no —contestó. Y esa parte de él no era ningún misterio. Me imaginaba que probablemente diría eso—. Pero es horrible —añadió.

—Ay, Pillie —lo llamé por su apodo de hacía mucho tiempo—. Cuánto lo siento.

—Ojalá nunca hubiéramos hecho aquel viaje a Alemania —se lamentó. Cogió una servilleta y se sonó la nariz con ella. Luego se pasó la mano por el bigote casi en un acto reflejo, como hace a menudo—. Y, sobre todo, ojalá nunca hubiéramos ido a Dachau. Sigo viendo esos... esos crematorios. —Me miró de reojo—. Tú fuiste lista y no quisiste entrar.

Me sorprendió que se acordara de que no entré en las cámaras de gas cuando estuvimos en Alemania ese verano. No lo hice porque ya entonces me conocía a mí misma lo suficiente para saber que no me convenía. La madre de William había muerto el año anterior y las niñas tenían nueve y diez años. Se fueron juntas dos semanas a un campamento mientras nosotros íbamos a Alemania —mi única petición fue que hiciéramos el viaje en vuelos distintos, por miedo a que los dos muriésemos en un accidente de avión y dejáramos a las niñas huérfanas, aunque era una tontería, como vi después, porque podíamos haber muerto los dos en la autopista, donde los coches nos adelantaban a una velocidad de vértigo— para averiguar todo lo que pudiéramos sobre el padre de William, que había muerto, como digo, cuando él tenía catorce años. Murió de peritonitis, en un hospital de Massachusetts, cuando iban a quitarle un pólipo del intestino y le hicieron una punción que le costó la vida. Fuimos a Alemania ese verano porque a William le había caído un montón de dinero unos años antes; resultó que su abuelo se hizo rico en la guerra y William recibió el dinero de un fideicomiso al cumplir los treinta y cinco años, y esto fue una fuente de angustia para él, y por eso hicimos el viaje, para conocer al abuelo, que era muy viejo, y a dos tías de William, que, a mi modo de ver, eran educadas pero frías. El abuelo tenía unos ojillos brillantes y me cayó especialmente mal. Los dos volvimos tristes de ese viaje.

—¿Sabes qué? —dije—. Creo que los terrores nocturnos desaparecerán poco a poco. Debe de ser una fase de algo: pasarán por sí solos.

William volvió a mirarme.

—Son los de Catherine los que más me angustian —explicó—. No tengo ni idea de qué van. —Siempre se refería a su madre por su nombre de pila, aunque también decía «mi madre». No recuerdo haberlo oído nunca llamarla «mamá». Entonces dejó la servilleta en la mesa y se levantó—. Tengo que irme. Siempre es un gusto verte, Botón.

—¡William! ¿Desde cuándo bebes café?

—Desde hace años —dijo. Me dio un beso. Noté que tenía la mejilla fría y me arañaba ligeramente con el bigote.

Me volví a mirarlo por la ventana mientras se alejaba deprisa hacia el metro. No iba tan erguido como de costumbre. Había en su imagen algo que me rompió el corazón. Pero yo estaba acostumbrada a aquello: me pasaba casi siempre que lo veía.

William iba a trabajar a su laboratorio todos los días. Es parasitólogo y durante muchos años enseñó microbiología en la Universidad de Nueva York. Aún puede disponer del laboratorio y de un alumno como ayudante. Ya no da clases. En cuanto a la docencia, le sorprendió ver que no la echaba de menos —esto me lo contó hace poco—; por lo visto se ponía nerviosísimo cada vez que se veía delante de los estudiantes, aunque no se dio cuenta hasta que dejó de enseñar.

¿Por qué me conmueve esto? Supongo que porque nunca lo supe ver y él tampoco.

El caso es que iba a trabajar todos los días, de diez de la mañana a cuatro de la tarde, escribía artículos, investigaba y supervisaba a su ayudante de laboratorio. Muy de vez en cuando —un par de veces al año, creo— participaba en un congreso y presentaba una ponencia ante otros científicos que trabajaban en su mismo campo.

A William le pasaron dos cosas después de que nos viéramos aquel día, y enseguida iremos a ellas.

Permítanme que antes hable un momento de sus mujeres:

De mí, Lucy.

William era mi profesor en prácticas de Biología —aún no se había licenciado— en mi segundo año de universidad en Chicago. Así lo conocí. Era —y sigue siendo, claro— siete años mayor que yo.

Yo venía de la pobreza más deprimente. Esto es parte de la historia, y ya me gustaría que no lo fuera, pero lo es. Venía de una casa diminuta en el centro de Illinois: antes de mudarnos a la casa diminuta vivíamos en un garaje, hasta que cumplí once años. En el garaje teníamos un váter químico que se estropeaba cada dos por tres y a mi padre lo sacaba de quicio. Había otro váter fuera, en una caseta en mitad de un campo, y mi madre me contó una vez la historia de un hombre al que mataron, le cortaron la cabeza y la dejaron en una caseta.

Me daba tantísimo miedo que nunca iba al váter exterior sin que me pareciera ver los globos oculares de un hombre, y normalmente hacía mis cosas en el campo si no había nadie alrededor, aunque en invierno era algo más difícil. También teníamos un orinal.

Nuestra casa estaba en medio de la nada, rodeada de kilómetros y kilómetros de campos de maíz y soja. Tengo un hermano y una hermana mayores, y por entonces aún vivían con nuestros padres. Pero en aquel garaje pasaron cosas muy malas, y también después, en la casa diminuta. Ya he contado en otros libros algunas de las cosas que ocurrieron en esa casa, y la verdad es que no me apetece hablar de ello. Pero éramos pobres como las ratas. Diré solamente esto: a los diecisiete años conseguí una beca para ir a una facultad de las afueras de Chicago, cuando en mi familia nadie había pasado del instituto. Mi orientadora, la señora Nash, me llevó en coche a la facultad. Me recogió un sábado a finales de agosto, a las diez de la mañana.

La noche anterior, cuando le pregunté a mi madre qué cosas llevarme, me contestó: «Me importa un carajo lo que te lleves». Así que cogí dos bolsas de papel que encontré debajo del fregadero y una caja del camión de mi padre, y metí en ellas la poca ropa que tenía. A la mañana siguiente, mi madre se fue con el coche a las nueve y media y yo salí corriendo a la larga carretera de tierra y la llamé: «¡Mamá! ¡Mami!». Pero siguió adelante, hasta la carretera donde había un cartel hecho a mano que decía: ARREGLOS Y TRANSFORMACIONES DE COSTURA. Mi hermana y mi hermano no estaban.

No recuerdo dónde andaban. Un poco antes de las diez, cuando ya iba a salir por la puerta, mi padre me preguntó: «¿Tienes todo lo que necesitas, Lucy?». Y cuando lo miré vi que tenía los ojos llenos de lágrimas. «Sí, papá». En realidad, no tenía ni idea de lo que necesitaba. Mi padre me abrazó y dijo: «Creo que me quedaré aquí en casa». Lo comprendí y contesté: «Vale. Yo voy a esperar fuera». Y esperé en la carretera, con mi ropa en una caja y dos bolsas de papel, a que llegase la señora Nash.

Mi vida cambió desde el momento en que subí al coche de la señora Nash. ¡Vaya si cambió!

Y después conocí a William.

Quiero decirlo desde el principio: todavía me asusto mucho. Creo que es por lo que me pasó de joven, pero me asusto mucho, con mucha facilidad. Por ejemplo, casi todas las noches, cuando se pone el sol, me sigo asustando. O a veces simplemente tengo miedo, como si me fuera a ocurrir algo terrible. Aunque cuando conocí a William no era consciente de esto, todo me resultaba..., sí, creo que me resultaba bastante familiar.

Cuando iba a separarme de William fui a una psiquiatra, una mujer encantadora, y en la primera visita me hizo una serie de preguntas. Yo las respondí, y entonces, quitándose las gafas de la cabeza, le puso nombre a lo que me pasaba. «Lucy, tienes un desorden de estrés postraumático en toda regla». Esto en parte me ayudó, en la medida en que pueda servir de ayuda ponerle nombre a las cosas.

Dejé a William justo cuando las niñas se iban a la universidad. Me hice escritora. Bueno, siempre fui escritora, pero entonces empecé a publicar libros —había publicado uno— sin parar: eso es lo que quiero decir.

Joanne.

Alrededor de un año después de que nos separásemos, William se casó con la mujer con la que tenía una aventura desde hacía seis años. A lo mejor fueron más de seis, no lo sé. Esta mujer, Joanne, era amiga de los dos desde los tiempos de la universidad. Físicamente era lo contrario a mí; es decir, era alta, tenía el pelo largo y oscuro, y era callada. Después de casarse con William se volvió muy amargada —él no se lo esperaba (esto me lo ha contado hace poco)—, porque había renunciado a ser madre mientras era su amante —aunque ellos nunca empleaban esa palabra, es la que yo uso ahora—, y siempre se quejaba de las dos hijas que William tenía conmigo, como si no las conociera desde que eran muy pequeñas. A él no le gustó ir con Joanne a terapia de parejas. Le pareció que la terapeuta era inteligente y que Joanne no lo era especialmente, aunque hasta esas sesiones en la consulta —con su sofá gris deprimente, la terapeuta enfrente de ellos, en una silla giratoria, sin luz natural, con una sola ventana cubierta con una persiana de papel de arroz para ocultar el patio al que daba el edificio—, hasta esa época, William no había comprendido que Joanne tenía una inteligencia moderada y que lo que le había atraído de ella todos esos años era ni más ni menos el hecho de que no fuese su mujer, Lucy. Yo.

Aguantó ocho semanas de terapia. «Tú solo quieres lo que no puedes tener», le dijo Joanne, tranquilamente, una de las últimas noches que pasaron juntos; y él —me lo imagino con los brazos cruzados— no contestó. Su matrimonio duró siete años.

La odio. A Joanne. La odio.

Estelle.

Su tercera mujer es simpática (y mucho más joven), y ha tenido una hija con ella, a pesar de que, cuando se conocieron, William le repitió mil veces que no quería más hijos. Estelle le anunció que estaba embarazada diciendo: «Podrías haberte hecho la vasectomía». William nunca se ha olvidado de eso. Podría habérsela hecho. No se la hizo. Cayó en la cuenta de que Estelle se había quedado embarazada a propósito, y fue corriendo a hacerse la vasectomía sin decírselo a su mujer. Cuando nació la niña, William descubrió cómo era ser un padre mayor: la quería. La quería mucho, pero verla, sobre todo cuando era pequeña, y aún más a medida que iba creciendo, le recordaba casi sin parar a las dos hijas que había tenido conmigo, y cuando oía hablar de otros hombres que tenían dos familias —él supuestamente las tenía— y que pasaban más tiempo con los hijos pequeños y que eso molestaba a los mayores y tal y cual, siempre pensaba en secreto: Bueno, yo no soy así. Porque su hija Bridget, la hija de Estelle, casi lo aplastaba a veces de nostalgia y amor por sus dos primeras hijas, que para entonces tenían más de treinta años: un amor que venía de lo más profundo de su ser.

Cuando hablaba por teléfono con Estelle a lo largo del día, a veces la llamaba «Lucy», y ella siempre se reía y se lo tomaba bien.

La siguiente vez que vi a William fue en la fiesta de cumpleaños que le organizó Estelle en su casa, cuando cumplió setenta. Estábamos a finales de mayo y hacía una noche fresca y clara. Mi marido, David, también estaba invitado, pero era chelista de la Filarmónica y esa noche tenía concierto, así que fui sola y allí me encontré con mis hijas, Chrissy y Becka, y sus maridos. Había estado otras dos veces en casa de William: en la fiesta de compromiso de Becka y en una fiesta de cumpleaños de Chrissy, y nunca me llegó a gustar. Es como una caverna en la que se van desplegando las habitaciones al entrar, oscura y recargada (para mi gusto, aunque para mi gusto casi todo es recargado). Conozco a gente que viene de la pobreza y suele compensarlo con casas divinas, pero el piso en el que yo vivía con David —en el que vivo aún— es muy sencillo. David también viene de la pobreza.

El caso es que Estelle es originaria de Larchmont, en Nueva York, de una familia con dinero, y entre los dos, entre ella y William, habían creado un hogar que me desconcertaba mucho porque no parecía un hogar; parecía más lo que era: una serie de habitaciones con el suelo de madera —y alfombras bonitas— y pasillos con paneles de madera; o sea, mucha madera, madera oscura, y lámparas de araña, y una cocina tan grande como nuestro dormitorio, es decir una cocina enorme para Nueva York, con mucho cromo y más de la misma madera oscura, con cosas y armarios de madera. Una mesa de madera redonda en la cocina y, en el comedor, una mesa de madera larga y mucho más grande. Y espejos por todas partes. Vi que todo era muy caro: la butaca de color berenjena al lado de la ventana era un trasto de lo más aparatoso, y el sofá era marrón oscuro, con cojines de terciopelo.

Lo que digo es que nunca entendí aquella casa.

La noche del cumpleaños de William paré en un supermercado a comprar tres ramos de tulipanes blancos para llevar a la fiesta, y al acordarme de esto pienso en que es muy cierto que elegimos los regalos que a nosotros nos encantan. La casa estaba llena de gente, tampoco tanta como me imaginaba, pero esas situaciones me ponen nerviosa. Entablas conversación con alguien hasta que llega otra persona, te interrumpe y, cuando vuelves a hablar, ves que nadie te mira. Ya saben cómo es eso. Para mí resultaba estresante, pero las chicas —nuestras hijas— estuvieron encantadoras y muy atentas con Bridget, según vi, y me alegré mucho, porque cuando me hablan de ella no siempre son generosas y yo naturalmente les doy la razón en que es una frívola y una cabeza hueca, en cosas así, cuando lo que le pasa es que es una niña muy guapa, y lo sabe. También es rica. Ella no tiene la culpa de ninguna de las dos cosas, me repito cada vez que la veo. No es de mi familia. Pero sí es de la familia de nuestras hijas, y eso no tiene vuelta de hoja.

Había unos cuantos antiguos compañeros de William de la Universidad de Nueva York, hombres mayores con sus mujeres. A algunos los había tratado años atrás, así que todo bien. Aunque aburrido. Había una mujer, Pam Carlson, que conocía a William desde hacía siglos —trabajaron juntos en algún laboratorio— y estaba borracha, pero yo me acordaba de ella y de aquella época, y estuvo muy habladora conmigo en la fiesta. No paraba de parlotear sobre su primer marido, Bob Burgess. ¿Me acordaba de él? Le dije que no, que lo sentía. Y Pam, que esa noche iba muy elegante, con un vestido que a mí nunca se me habría ocurrido ponerme —quiero decir que era muy ceñido, aunque ella sabía llevarlo: un vestido que a mí me pareció muy escotado, negro y sin mangas, pero ella tenía los brazos muy delgados, como si fuera al gimnasio, a pesar de que debía de tener la misma edad que yo, sesenta y tres, y era conmovedor verla borracha—, señaló con la cabeza a su marido, que andaba por ahí, y dijo que lo quería pero que se acordaba mucho de Bob y me preguntó si no me pasaba lo mismo con William. Le dije que «a veces», y luego me disculpé y me despedí de ella. Tenía la sensación de que yo también estaba casi borracha y que podía ponerme a hablar de William con Pam, decir que lo echaba mucho de menos, así que como no quería hacer eso me fui con Becka, que me acarició el brazo con un: «Hola, mami». Y entonces Estelle propuso un brindis. Llevaba un vestido de lentejuelas que también le quedaba perfecto en los hombros. Es una mujer atractiva, con un pelo indomable, de color caoba, que siempre me ha gustado. Hizo su brindis y pensé: Qué bien lo ha hecho. Claro que es actriz profesional.

Becka me susurró:

—¡Ay, mamá, tengo que hacer un brindis!

—No. ¿Por qué lo dices?

Pero entonces Chrissy hizo un brindis, y le quedó muy bien. No recuerdo todo lo que dijo, pero fue tan bueno como el de Estelle, si no mejor. Lo único que recuerdo es que en un momento dado habló del trabajo de su padre y de lo mucho que había ayudado a tantos estudiantes. Chrissy es alta, como su padre, y tiene dignidad; siempre la ha tenido. Becka me miró con temor en los ojos castaños, murmuró: «Vale, mami», y levantó su copa:

—Papá, mi brindis es que te quiero. Ese es mi brindis para ti. Te quiero.

La gente aplaudió y yo abracé a Becka, y Chrissy se acercó, y las dos hermanas estuvieron cariñosas la una con la otra, como casi siempre; de hecho siempre han tenido, en mi opinión, una cercanía antinatural: viven a dos manzanas una de otra, en Brooklyn. Estuve un rato hablando con sus maridos. El de Chrissy trabaja en el sector financiero, un mundo que a William y a mí nos resulta un tanto extraño, porque él es científico y yo soy escritora, y no conocemos a nadie que se dedique a esas cosas, y se le ve en los ojos que es astuto; y el marido de Becka es poeta, pobrecillo, y a mí me parece un egocéntrico. William se acercó al cabo de un rato y estuvimos charlando todos muy animadamente hasta que alguien lo llamó, y antes de irse me dijo al oído: «Gracias por venir, Lucy. Has sido muy amable».

Cuando estábamos casados, yo a veces lo aborrecía. Con una especie de temor y opresión en el pecho, veía que con su amabilidad distante y sus buenas palabras era inalcanzable. Algo peor. Que detrás de tanta amabilidad se escondía una hostilidad juvenil, un malhumor del alma intermitente, un niño regordete con un puchero en los labios que culpaba a todo el mundo de sus males: me culpaba a mí; tenía esta sensación muy a menudo; me culpaba por algo que no tenía nada que ver con nuestra vida presente, y me culpaba hasta cuando me llamaba «cariño», me preparaba el café —aunque él entonces nunca tomaba café, me preparaba una taza todas las mañanas— y me lo ponía delante como un mártir.

Olvídate del puñetero café, me daban ganas de gritar a veces, que ya me lo hago yo. Pero lo aceptaba, rozándole la mano, y le decía: «Gracias, cariño». Y así empezábamos un día más.

Esa noche, cuando volvía a casa en un taxi, cruzando la ciudad y el parque, pensé en Estelle. Era muy guapa —con ese pelo caoba indomable y ese brillo en la mirada— y tenía muy buen carácter. Nunca se deprimía, eso me dijo William una vez, y a mí me pareció una mezquindad inconsciente que me dijera eso, porque yo había pasado etapas deprimida cuando vivíamos juntos, pero esa noche pensé: Bueno, me alegro de que nunca se deprima. Estelle era actriz de teatro cuando conoció a William. Él solo la había visto actuar en una ocasión, cuando ya estaban casados, en una obra experimental que se llamaba *La tumba del metalúrgico*, y mi marido y yo fuimos a verla una noche con William. Me sorprendió mucho que Estelle, cuando estaba en escena sin hablar, mirase al público instintivamente, como si buscara a alguien. Desde entonces ha hecho montones de castings, para los que ensayaba en casa, dando vueltas por el salón y recitando un texto de Gertrude, o de Hedda Gabler o alguno por el estilo, y no se desanimaba si no conseguía el papel. Había hecho varios anuncios, uno de ellos para una cadena local de Nueva York, en el que hablaba de un desodorante. «Para mí es perfecto —decía, y añadía, con un guiño—: Y apuesto —señalaba hacia la cámara con un dedo— que también será perfecto para ti».

La gente solía decir que Estelle y William formaban una pareja encantadora. Y ella era una buena madre, aunque algo dispersa. Eso pensaba William, y yo también. Bridget también era dispersa. Se parecían mucho, la madre y la hija, y a la gente eso también le resultaba encantador. Un día, William las vio a las dos por la calle —esto me lo contó él—, saliendo de una tienda de ropa en el Village; se echaron a reír y le llamó la atención lo similares que eran sus gestos. Estelle lo había visto, y lo saludó exageradamente con la mano, cosa que William no hace nunca, y ella ese día lo hizo en broma, para fastidiarlo. «Cuando una mujer se alegra tanto de ver a su marido, le gustaría pensar que él también se alegra de verla».

Hace poco estaba en casa, mirando la ciudad por la ventana —tenemos (tengo) unas vistas preciosas de la ciudad, y también del East River—, concretamente miraba las luces de Nueva York, con el Empire State Building al fondo, y me acordé de la señora Nash, la orientadora escolar que me llevó a la universidad el primer día. ¡Cuánto me gustaba! En el camino, de repente, salió de la autopista, paró en la puerta de un centro comercial, me dio unos toques en el brazo y dijo: «Bájate, bájate». Nos bajamos y entramos en el centro comercial, y me puso una mano en el hombro y me miró a los ojos y me dijo: «Dentro de diez años, Lucy, podrás devolvérmelo. ¿Vale?». Y me compró algo de ropa. Me compró varias camisetas de manga larga, de muchos colores distintos; dos faldas y dos blusas, una de ellas muy bonita, de estilo campesino; y lo que mejor recuerdo y lo que más le agradecí fue la ropa interior que me compró: un surtido de la ropa interior más bonita que había visto en la vida, y también unos vaqueros que me sentaban bien. ¡Y me compró una maleta! Era de color crema, con los bordes rojos y, cuando volvimos al coche, dijo: «Tengo una idea. Vamos a guardarlo todo aquí». Y abrió el maletero, puso la maleta dentro, la abrió y, con toda la delicadeza del mundo, fue quitando las etiquetas con las tijeras más pequeñas que yo había visto nunca —ahora sé que eran tijeras de manicura—, y metimos todas mis cosas en la maleta. Eso hizo la señora Nash. Y diez años después había muerto. Murió en un accidente de coche, así que no llegué a pagarle nada y nunca la he olvidado. (Cada vez que iba de compras con Catherine me acordaba de aquel día con la señora Nash). Recuerdo que ese día, cuando llegamos a la universidad, le dije, medio en broma: «¿Puedo hacer como si fuera usted mi madre?». Y me miró, muy sorprendida. «¡Claro que sí, Lucy!». Y aunque nunca la llamé mamá, cuando entró conmigo en la residencia de estudiantes fue muy simpática con todo el mundo y creo que pensaron que era mi madre.

Siempre, sí, ¡siempre! querré a esa mujer.

Unas semanas después, William me llamó desde el laboratorio —normalmente me llamaba cuando estaba trabajando— y volvió a darme las gracias por ir a la fiesta.

—¿Lo pasaste bien? —preguntó.

Y le dije que sí. Le conté que había estado charlando con Pam Carlson y que no paraba de hablar de su primer marido, Bob Nosecuántos. Mientras hablaba con William, contemplaba el río: en ese momento pasaba una gabarra roja arrastrada por un remolcador.

—Bob Burgess —dijo William—. Era un tipo simpático. Pam lo dejó porque no podía tener hijos.

—¿También trabajaba contigo? —pregunté.

—No. Era abogado de oficio o algo así. Su hermano era Jim Burgess... ¿Te acuerdas del juicio de Wally Packer? El que lo defendió era su hermano.

—¿Era? —dije.

Wally Packer era un cantante de soul al que acusaron de matar a su novia, y Jim Burgess consiguió que lo declararan inocente. Fue un juicio muy sonado en su día, hace ya muchos años. Lo televisaron y captó el interés de todo el país. Yo siempre creí que Wally Packer era inocente, de eso me acuerdo, y pensaba que Jim Burgess era un héroe.

Hablamos del caso unos minutos. William repitió lo que ya había dicho otras veces: que yo era tonta por creer en la inocencia de Wally Packer. Lo dejé correr.

Y entonces le pregunté:

—¿Tú lo pasaste bien en la fiesta?

Se quedó un momento callado.

—Supongo que sí.

—¿Cómo que supones que sí? Estelle trabajó un montón para organizarlo todo.

—Contrató un catering, Lucy.

—¿Y qué? Aun así tuvo que hacer muchas cosas. —La gabarra iba deprisa; siempre me sorprende lo deprisa que van. Debía de ir vacía, porque no estaba hundida: se veían buena parte de los costados negros.

—Sí, sí, ya lo sé, ya lo sé. Fue una fiesta estupenda. Bueno, tengo que dejarte.

—Pill. ¿Te puedo preguntar qué tal tus noches? ¿Los terrores nocturnos?

Y, por la voz que puso, supe que por eso me había llamado.

—Ay, Lucy. Anoche tuve uno... Bueno, fue alrededor de las tres de la madrugada. Con Catherine... Es muy raro, no puedo describirlo exactamente. Es como si estuviera merodeando por aquí —hizo una pausa y añadió—: Creo que a lo mejor voy a tener que tomar algo. Se me está haciendo muy duro. Es como si Catherine estuviera conmigo; o sea, su presencia. Y no es... No es una presencia buena, Lucy.

—Ay, Pillie. Cuánto lo siento, hombre.

Hablamos un poco más antes de colgar.

Pero hubo algo en lo que no había pensado hasta que William llamó para preguntarme por la fiesta:

Esa noche, entré en la cocina para dejar una copa y despedirme de Estelle, que iba un poco por delante de mí, y había allí un hombre apoyado en la encimera, un amigo suyo al que yo ya conocía de antes, y oí que Estelle le preguntaba en voz baja: «¿Te mueres de aburrimiento?». Entonces se dio la vuelta, me vio y dijo: «¡Ay, Lucy, qué estupendo volver a verte!». El hombre dijo lo mismo —siempre me había parecido un tipo agradable; otro actor de teatro—, y me quedé un momento charlando con Estelle, nos dimos un beso en la mejilla y me marché. Pero no me gustó el tono en el que había hablado con su amigo: era de intimidad y daba a entender —tal vez— que ella también estaba aburrida. Y eso no me gustó. Fue como oír una campana. Creo que es lo que intento decir, aunque me había olvidado del incidente.

Además (de pronto me acordé también de otra cosa), los tulipanes que llevé seguían en su envoltorio, en la encimera de la cocina. No es que me molestara especialmente, porque Estelle había encargado la decoración a una floristería y era absurdo pensar que unos tulipanes comprados en el supermercado hicieran ninguna falta.

Era la voz de Estelle lo que seguía rondándome.

Mi marido cayó enfermo a principios de ese verano y murió en noviembre. Ahora mismo es lo único que me veo capaz de decir, además de que mi matrimonio con él fue muy distinto de mi matrimonio con William.

Aunque sí necesito decir una cosa: mi marido se llamaba David Abramson y era... ¿Cómo explicarles lo que era? ¡Era único! Realmente estábamos hechos el uno para el otro... Ya sé que parece una frase de lo más manida, pero... Bueno, ahora mismo no me veo capaz de decir nada más.

El caso es que, tanto el día que supe que David estaba enfermo como cuando murió, la primera persona a quien llamé fue a William. Creo —no lo recuerdo— que le dije algo así como: «Ay, William, ayúdame». Y me ayudó. Llevó a mi marido a otro médico, a uno mejor, creo, aunque a esas alturas ya ningún médico podía hacer nada por él.

Y después, en el momento de la muerte, William volvió a ayudarme. Me ayudó con los trámites —hay cantidad de cosas que hacer cuando muere una persona: tarjetas de crédito que cancelar, cuentas corrientes que cerrar y un montón de contraseñas informáticas— y tuvo también la buena idea de aconsejarme que Chrissy organizara el funeral. Chrissy se encargó de todo.

Fue Becka quien vino a quedarse conmigo las primeras noches. Entonces lloró por mí. Lloró sin consuelo, como una niña abandonada, y se tiró en el sofá y al cabo de un rato dijo algo —no tengo ni idea de qué— y las dos nos echamos a reír. Así es mi querida Becka. Me hizo reír y luego se fue a casa, porque tenía que irse.

El día del funeral de David, en una funeraria de la ciudad —un día que tanto entonces como ahora me resulta muy borroso—, recuerdo que Becka me dijo al oído:

—A papá le gustaría poder sentarse delante con nosotras.

—¿Te ha dicho eso? —pregunté, mirándola.

Becka asintió con gesto solemne. Pobre William, pensé.

Pobre William.

En Navidades, Estelle me llamó para preguntarme si me apetecía pasar con ellos el día de Navidad. Le dije que era muy amable pero que no, que iba a pasarlo con mis hijas, y nada más soltarlo me acordé de cuando Becka me dijo que William quería sentarse con nosotras en la misa funeral, y se me ocurrió que a lo mejor a William le apetecía pasar la Navidad con las chicas y conmigo, que a lo mejor era él quien le había pedido a Estelle que nos incluyera. Pero William llevaba años pasando la Navidad con Estelle y la madre de ella, y con Bridget, claro. La madre de Estelle era casi de la edad de William. Tengo una imagen de su casa decorada para las fiestas con un árbol enorme; Becka me había hablado de ello. Dijo, con ironía, que la casa parecía los grandes almacenes Macy's. «¿No tan lujoso como Saks?», pregunté. Y nos reímos. Y había una fiesta de Navidad en el barrio a la que iban de noche todos los años. A William siempre le había gustado.

—Lo comprendo —dijo Estelle—. Pero ahora mismo pensamos en ti, Lucy. Que lo sepas.

—Gracias —contesté—. Muchas gracias.

—Sabemos que tiene que ser duro estar sin David —añadió—. Ay, Lucy..., lo siento mucho.

—Estoy bien. No te preocupes. Pero, gracias —repetí—. Te lo agradezco de corazón.

—Vale —titubeó Estelle—. Vale. Bueno, adiós.

Así empezó un nuevo año. Y a William le pasaron dos cosas muy deprisa. Pero déjenme que les hable primero de un par de asuntos más.

En enero, William me contó —por teléfono, desde el laboratorio y después de que hubiéramos charlado sobre las chicas— que por Navidad le había regalado a Estelle un jarrón muy caro que ella había admirado un día en una tienda, y ella le había regalado una suscripción a un sitio *online* donde te daban información sobre tus antepasados. Por cómo lo dijo vi que el regalo no le había hecho ilusión. William siempre ha dado a los regalos una importancia que yo nunca he entendido. «¡Qué lista, Estelle! —exclamé—. Qué buena idea. No sabes casi nada de tu madre, William. Esto te puede venir bien». Recuerdo que dije eso. Y él se limitó a contestar: «Sí, supongo».

Este era el William que a mí me fastidiaba, el niño petulante detrás de la fachada amable y distinguida. Pero ese día me dio igual; William ya no era mío. Y al colgar pensé: Gracias a Dios. O sea, gracias porque ya no fuera mío.

Pero hay algo que le habría dicho a Pam Carlson si me hubiera quedado hablando con ella en la fiesta de William: unos días antes de que David muriera, fuimos a Pensilvania, a la boda de un sobrino suyo. David había tenido una educación judía jasídica; se había criado justo a las afueras de Chicago y a los diecinueve años abandonó la comunidad. Entonces lo condenaron al ostracismo y llevaba muchos años sin relacionarse con nadie de su familia, hasta que su hermana se puso en contacto con él, poco antes de la boda. Yo no la conocía bien. Me resultaba extraña, porque lo era. Hicimos el viaje en tren, y su hermana fue a recogernos a la estación, de noche, y nos llevó en coche, media hora, hasta un hotel en mitad de la nada. La noche anterior había nevado, y me senté en el asiento de atrás y vi pasar la oscuridad por la ventanilla, alguna casa muy de vez en cuando, bastantes tiendas —una de ellas con un cartel que decía DEJO EL NEGOCIO PARA SIEMPRE— y edificios con pinta de naves industriales. Se me encogió el corazón, porque todo me hacía pensar en William, y en cuando éramos jóvenes y yo era estudiante, y salíamos de Chicago de noche para ir a ver a su madre y pasábamos por sitios parecidos, cubiertos de nieve y con aire de abandono, pero yo era muy feliz con William entonces, me sentía muy a gusto con él. William no tenía hermanos, como ya he dicho —y yo en cierto modo tampoco los tenía en esa época—, y esa noche, con mi marido David y su hermana, tuve una sensación muy fuerte de hogar acogedor, porque William y yo habíamos sido un mundo, y me acordé de un viaje al este, cuando me dijo que podía tirar el hueso de melocotón por la ventanilla y, no sé por qué, lo tiré por la suya —William iba al volante— y le di con el hueso en la cara, y recuerdo que no paraba de reírse, como si fuera la cosa más divertida del mundo. Y unos años después, cuando fuimos a Newton, en Massachusetts, a ver a su madre, con las niñas muy pequeñas, en sus asientos para bebés, yo seguía teniendo la misma sensación acogedora. Pero esa noche, con David y su hermana, mientras cruzábamos kilómetros y kilómetros de llanuras nevadas y yo les oía hablar en voz baja de su infancia, al pasar por delante de carteles que decían: ¿LE HA DADO UN GOLPE UN COCHE? LLAME A HHR, pensé: William es la única persona con la que me he sentido segura. Es el único hogar que he conocido.

Podría haberle dicho esto a Pam Carlson si no me hubiese ido.

Sobre mi exsuegra, Catherine, me gustaría decir lo siguiente:

Poco después de que William y yo nos prometiéramos, un día, hablando por teléfono, Catherine me preguntó con ilusión —fue casi la primera pregunta que me hizo—: «¿Me llamarás mamá?». Y yo le dije: «Lo intentaré». Pero nunca pude. Solo podía llamarla Catherine, que era como la llamaba William. Su nombre de soltera era Catherine Cole, y William a veces la llamaba así, con un deje de ironía y un brillo en la mirada. «¿Qué has hecho estos días, Catherine Cole?».

La queríamos. La queríamos mucho. Parecía esencial en nuestro matrimonio. Era una mujer vibrante, con la cara casi siempre llena de luz. Una amiga de la facultad me dijo, después de conocerla: «Nunca he conocido a una persona que me cayera tan bien desde el principio como Catherine».

Tenía una casa muy bonita, en una calle arbolada de Newton, Massachusetts, con otras casas cerca. La primera vez que fui, el sol entraba a raudales por las ventanas de la cocina, que era grande, con una mesa blanca, y estaba como los chorros del oro. La encimera también era blanca, y en una de las repisas de la ventana, encima del fregadero, había una violeta africana de buen tamaño. El grifo era muy largo: formaba un arco sobre el fregadero y salpicaba una lluvia de gotas de plata. Tuve la sensación de entrar en el cielo. Toda la casa estaba impoluta: el suelo de madera del cuarto de estar tenía el color de la miel, y las cortinas de los dormitorios eran blancas y parecían almidonadas. Yo nunca había pensado que pudiera tener una vida así para mí misma. Ni se me había ocurrido. ¡Pero que ella sí la tuviera! La verdad es que no lo asimilaba.

Tengo que decir una cosa:

Ya hablé de esto en un libro anterior, pero necesito explicarlo mejor. Cuando conocí a William y supe que su madre había estado casada con un agricultor que sembraba patatas en Maine, pensé —porque no conocía los cultivos de patatas de Maine— que habría sido muy pobre. Pero no era su caso. El primer marido de Catherine, Clyde Trask, tenía una próspera plantación de patatas y también había sido político. Fue legislador del Estado de Maine por el Partido Republicano durante muchos años. Y el segundo marido de Catherine, el padre de William, estudió Ingeniería Civil cuando vino a Estados Unidos, después de la guerra. Así que Catherine no era pobre. Y cuando la conocí me sorprendió la elegancia de su casa. Creo que llegó muy alto en la escala social. Nunca he entendido bien el asunto de las clases sociales en Estados Unidos, porque yo vengo de lo más bajo y eso en realidad te marca para siempre. Quiero decir que en realidad nunca he superado mis orígenes, la pobreza: supongo que eso es lo que quiero decir.

Pero Catherine, cuando me conoció, me presentaba a sus amigos apoyando una mano en mi brazo y diciendo como si tal cosa: «Esta es Lucy. Viene de la nada». Ya hablé de esto en un libro anterior.

En el salón de Catherine había un sofá largo, de color mandarina, y Catherine a veces estaba tumbada en él cuando llegábamos sin avisar, como hacíamos de cuando en cuando, porque a William le gustaba darle una sorpresa. «¡Ay! ¡Ay! —decía mientras se levantaba atropelladamente—. Venid a darme un abrazo». Íbamos, y luego nos llevaba a la cocina y nos daba de comer, sin parar de hablar, sin parar de preguntar qué tal estábamos y diciéndole a William que le vendría bien cortarse el pelo. «Eres un chico muy guapo —decía, cogiéndole la barbilla—. ¿Por qué no te vemos más? Quítate ese bigote». Era la luz personificada. En general lo era. Muy de vez en cuando parecía un poco más apagada y explicaba, casi riéndose: «Estoy depre». Pero William decía que siempre había sido así, que no nos preocupáramos, y aunque estuviera apagada seguía siendo amable y se interesaba por los detalles de nuestra vida; sabía los nombres de nuestros amigos y también nos preguntaba por ellos. Recuerdo que preguntaba: «¿Cómo está Joanne? ¿Ya ha encontrado marido? —Y luego me guiñaba un ojo—. Esa chica está un poquito amargada».

Se sentaba a la mesa y nos miraba comer. «¡Contádmelo todo!», decía. Y eso hacíamos. Le hablábamos de nuestra vida en Nueva York, del vecino de abajo, que tenía una mujer mucho más joven y que ella no parecía contenta con él, y de que un día el viejo me cerró el paso en las escaleras y no me dejó avanzar hasta que le di un beso. «¡Lucy! —protestó Catherine—. ¡Eso es horrible! ¡No vuelvas a darle un beso jamás!». Le expliqué que tuve que dárselo, y contestó: «No. No tenías por qué». Le dije que solo había sido un beso en la mejilla pero que me sentí rara. «¡Pues claro que te sentiste rara! —Movió la cabeza con pesar y me acarició el brazo—. Lucy, Lucy. Ay, mi niña».

Luego se volvió hacia William y le preguntó: «¿Y tú dónde estabas mientras molestaban a tu pobre mujer?».

William se encogió de hombros. Era así con su madre. Se hacía el duro.

Catherine me compraba ropa. Normalmente la que le gustaba a ella y a veces me dejaba comprar algo que me gustase a mí: una camisa a rayas para llevar con unos vaqueros; una camisa larga, azul y blanca, que me encantaba. Una vez quiso comprarme unos mocasines blancos. «No querrás ponerte otra cosa», me aseguró. Le dije que no los comprara, que no me los pondría. Eran unos zapatos que ella sí habría usado. Eso pensé, aunque no se lo dije, y al final no los compró.

Unos meses después de que William y no nos casáramos, Catherine se deshizo de un abrigo que me gustaba mucho. Lo había comprado por cinco dólares en una tienda de segunda mano, y me encantaban los puños enormes y cómo se movía cuando andaba. Era azul marino y me encantaba, me veía reflejada en él. Y Catherine lo tiró un día después de llevarme a comprar uno nuevo. No recuerdo haber visto que lo tirase, solo recuerdo que cuando le pregunté dónde estaba se echó a reír y contestó que lo había tirado. «Ahora tienes el nuevo, que es muy bonito».

Lo que me resultó curioso, curioso en plan interesante, es que Catherine me compró el abrigo nuevo en una tienda en la que no vendían cosas especialmente bonitas. Tardé años en darme cuenta, cuando empecé a distinguir unas tiendas de otras. Pero era *casi* una tienda de esas a las que iba gente con poco dinero. Cuando yo era pequeña, mi familia nunca habría ido a una tienda así; apenas íbamos a ninguna. Pero mi suegra tenía dinero; lo tenía en parte porque su marido, Wilhelm Gerhardt, el padre de William, el que se hizo ingeniero civil, le dejó un seguro de vida muy bueno, y al morir él Catherine recibió el dinero. Unos años después se sacó la licencia de agente de la propiedad inmobiliaria y vendió muchas casas en barrios caros. El caso es que tenía dinero. Es lo que quiero decir.

Me daba sus camisones viejos. Eran bonitos, blancos, con bordados. Y yo los usaba.

Al acordarme de ella comprendí por qué William se tranquilizaba pensando en mí cuando tenía esos terrores nocturnos relacionados con Catherine. Es porque aparte de nuestras hijas —que tenían ocho y nueve años cuando murió Catherine—, yo soy la única persona viva que conoció a su madre. Joanne no cuenta. Se fue a vivir al sur cuando se divorciaron. No se volvió a casar. Creo que no, aunque no estoy segura.

Un día, al poco de conocernos —William y yo aún no nos habíamos casado—, Catherine me pidió que le hablara de mi familia, y en cuanto abrí la boca me eché a llorar y dije: «No puedo». Se levantó de la butaca en la que estaba y vino a sentarse a mi lado, en el sofá de color mandarina, me abrazó, y dijo: «Ay, Lucy». Y lo repitió muchas veces mientras me acariciaba los brazos y la espalda y me apretaba la cara contra su cuello. «Ay, Lucy».

Ese día me dijo: «Yo también he estado deprimida». Y me quedé de piedra. No conocía a nadie, a ningún adulto, que hubiera dicho eso... Ella lo dijo como de pasada y volvió a abrazarme. Siempre me he acordado de ese momento. Catherine era así de cariñosa.

Catherine siempre olía bien. Usaba un perfume que era su fragancia. Por eso empecé a usar cierto perfume —no el suyo— y a tener mi propia fragancia. Compraba cantidades de loción corporal con ese aroma.

Una psiquiatra encantadora me dijo un día, sin darle importancia: «Es porque crees que hueles mal».

Tenía razón.

A mi hermana, mi hermano y a mí, los niños nos decían casi a diario en el patio del colegio: «Tu familia huele mal». Y se iban corriendo, tapándose la nariz.

Justo antes de que William cumpliera setenta y uno, Chrissy me anunció que estaba embarazada. Sentí una felicidad que no conocía desde que murió David. Hablé con William por teléfono —¡un nieto!— y me pareció que estaba contento, aunque no en éxtasis como yo. Él es así: quiero decir que es su carácter. Pero dos semanas después Chrissy tuvo un aborto. Me llamó desde casa, a primera hora de la mañana, gritando: «¡Mamá!». Iba de camino al médico. Fui inmediatamente a Brooklyn —en metro, porque a esa hora del día era la forma más rápida de llegar—, a la consulta del ginecólogo, y luego a casa de Chrissy, y nos tumbamos juntas en el sofá y ella lloró. No sabía que Chrissy —que es más alta que yo— pudiera llorar tanto, con la cabeza en mi pecho, hasta que poco a poco se fue tranquilizando. Su marido estaba en casa. La había acompañado a la consulta del ginecólogo pero nos dejó solas en el cuarto de estar. No le dije que volvería a quedarse embarazada. No me pareció que fuera eso lo que necesitaba oír. Me limité a abrazarla y le aparté el pelo de la cara con delicadeza. Me miró y dijo:

—Mamá. Pensaba llamarla Lucy si era una niña.

No me lo creía.

—¿De verdad?

Chrissy se frotó la nariz y asintió.

—Sí, de verdad.

Seguí acariciándole el pelo, hasta que la oí decir:

—No sé por qué, me da vergüenza.

—¿Vergüenza de qué, Chrissy?

—Del aborto. Como si mi cuerpo no funcionara bien.

—No digas eso, cielo. Millones de mujeres abortan. Lo más probable es que tu cuerpo haya funcionado bien.

—Ah —dijo al cabo de un momento—. No se me había ocurrido pensarlo. —Se acurrucó contra mí como una niña y seguí acariciándole el pelo.

Al final se sentó y añadió:

—Sé que lo has pasado muy mal con la muerte de David.

—Gracias, cariño. No te preocupes, estoy bien.

Entonces llegó Becka, y también lloró, porque Becka es de lágrima fácil, y Chrissy se echó a reír y dijo:

—Bueno, ya basta de llorar.

Me quedé a comer, y luego, viendo que Chrissy se encontraba mejor y que su marido y Becka también se habían quedado a comer, dije:

—Bueno, yo ya me voy. Os quiero a todos.

—Adiós, mamá. Te queremos. —Es lo que dicen siempre cuando nos separamos.

Ya en la calle, pensé que mi madre nunca me había dicho que me quería, y también en que Chrissy iba a llamar a su hija Lucy. ¡Mi hija me quería! A pesar de que lo sabía, me sorprendió. En realidad, me asombró.

En el metro de camino a casa me senté al lado de una mujer de aspecto tranquilo que iba con un niño pequeño. Los observé a los dos. Se notaba que la mujer quería al niño. Me pregunté si alguna vez habría tenido un aborto y si le habría dado vergüenza. Me pareció maravillosamente independiente, solo que su independencia incluía al niño. El pequeño llevaba un librito titulado *Vamos al cole*, y la mujer, supongo que era su madre, le iba señalando con mucha paciencia los colores que aparecían en el libro: *naranja, negro, rojo*.

Esa tarde llamé a William, y me dijo que temía no haber reaccionado bien cuando Chrissy le llamó para contarle lo ocurrido.

—Le dije que no se preocupara, que volvería a quedarse embarazada, y contestó: «¡Joder, papá! ¿Es lo único que se te ocurre decir? Acabo de perder a mi hijo y todo el mundo me dice lo mismo». Pero aún no era un niño, ¿por qué se pone así conmigo?

Intenté explicarle a William que para Chrissy ya era prácticamente su hijo. Casi le digo que pensaba llamarla Lucy si era niña, pero por alguna razón no se lo dije. Y colgamos.

Pensé en las lágrimas de Chrissy. Y en las de Becka.

Cuando era pequeña, mis padres se volvían locos si mis hermanos o yo llorábamos. Mis padres, sobre todo mi madre, se enfadaban muchísimo con nosotros aunque no llorásemos, pero cuando alguno lloraba se volvían los dos locos de ira. Ya he hablado de esto en otras ocasiones, pero lo repito porque me he acordado de que una conocida me contó que una monja le había dicho que tenía «un don para el llanto». Y Becka también lo tiene. Hasta Chrissy lo tiene cuando lo necesita. A mí, llorar siempre me ha resultado difícil. Es decir, que puedo llorar, pero me asusta mucho mi llanto. A William eso se le daba bien: cuando me veía llorar mucho no se asustaba, como creo que se asustaba David, aunque con David nunca lloré tanto como con William, no con esos sollozos y suspiros de niña. Desde que murió David, a veces me siento en el suelo, al lado de la cama —entre la cama y la ventana— y lloro con la desesperación aterradora y absoluta de una niña. Siempre me preocupa —porque vivo en un bloque de pisos— que alguien me oiga. No lloro a menudo.

El día que William cumplió setenta y un años le envié un mensaje por la tarde: Feliz cumpleaños, vejestorio. Y al momento me sonó el teléfono. Me llamaba desde el trabajo. Le dije: «¿Cómo estás, William?». Y contestó: «No lo sé». Hablamos un rato de las chicas —parecía que Chrissy lo iba superando— y después me contó que Estelle le había confesado esa mañana que no le había comprado un regalo de cumpleaños, pero que si le apetecía algo se lo pidiera, que había estado muy liada con Bridget y todo lo que le estaba pasando. Así que le pregunté: «¿Qué le pasa a Bridget?». Y me explicó que tenía que dar un concierto en el colegio y que odiaba la flauta, pero que Estelle se había empeñado en que siguiera tocando un año más, y cuando me dijo esto tuve la sensación de que en realidad yo no entendía qué le pasaba a Bridget, y puede que él tampoco lo entendiese. Pero contesté: «Bueno, lo comprendo. Y lo del regalo... Lleváis casados mucho tiempo. ¿Hay algo que te apetezca?». Y a la vez pensé: Ay, William, vamos a dejarlo. Eres como un niño. Eso pensé. Dios mío, pensé que eras un niño.

Colgamos enseguida.

Pero también pasó esto:

Una vez, después de que se publicara mi primer libro, hace ya muchos años, cuando aún vivía con William, tuve que ir a dar una charla, en Washington D. C., y no me acuerdo de nada: solo de que fui y de que di la charla —y estoy segura de que me daba pánico, porque entonces esas cosas me lo daban—, pero lo que quería contar era otra cosa: en el camino de vuelta, el tiempo se complicó; hacía viento fuerte, no paraba de diluviar; el aeropuerto estaba cada vez más abarrotado y terminé sentada en el suelo al lado de una pareja de Connecticut. Eran jóvenes. Ella era guapa y dura, y él simpático pero reservado. Lo importante es que mi temor aumentaba conforme iba pasando la noche, y telefoneé a William desde una cabina todas las veces que pude —había cola en las cabinas—, y él intentó ayudarme a encontrar un sitio en el que pasar la noche. Llamó a varios conocidos en Washington, pero nadie podía hacer nada. Había que esperar a que escampara y yo estaba asustada de verdad. La chica guapa de Connecticut tenía un teléfono móvil (entonces eran raros) y lo sacó y vi que llamaba a la estación de ferrocarril y que su marido y ella iban a intentar regresar a Nueva York en tren, de modo que les pregunté si podía ir con ellos y dijeron que sí. Quería ir con ellos sobre todo porque me daba pánico pasar la noche sola en el aeropuerto abarrotado, así que cogimos un taxi, fuimos a la estación, y aún quedaba algún asiento libre; subí al tren y recuerdo ver cómo amanecía sobre Nueva Jersey y que me sentí muy agradecida de tener una casa, profundamente agradecida de estar volviendo a casa, a Nueva York, a mi casa, con mi marido y mis hijas. No lo olvidaré nunca. Los quería muchísimo: los quería con locura.

Esto también era importante.

Y entonces a William le pasaron las dos cosas.

De la primera me enteré un sábado, a finales de mayo. Era el aniversario del día en que David supo que estaba enfermo, y cuando William me llamó, pensé (tonta de mí) que me llamaba por eso, y me sorprendió y emocionó que se acordara de la fecha exacta. Y le dije: «Ay, Pillie, gracias por llamar». Y él dijo: «¿Qué?». Y cuando le expliqué que era el aniversario del día en que a David le diagnosticaron la enfermedad, contestó: «Vaya, Lucy, lo siento». Y yo dije: «No pasa nada. Dime por qué llamabas».

Y entonces dijo: «Ay, Lucy. Te llamaré otro día. Puede esperar».

Y yo dije: «¿Por qué otro día? Dímelo ahora».

Así que William me contó que esa mañana por fin había entrado en la web de los antepasados, con la suscripción que le regaló Estelle, y entonces —como si me estuviera hablando de un partido de tenis interesante que acababa de ver—, me lo contó.

Esto es lo que encontró en la web:

Su madre había tenido una hija antes de que él naciera: con su marido, Clyde Trask, el que plantaba patatas en Maine.

Era dos años mayor que William y, según la web, su nombre de soltera era Lois Trask, nacida en Houlton, Maine, cerca de donde vivió Catherine con su primer marido, Clyde Trask, el que plantaba patatas. Según la partida de nacimiento de la niña, su madre era Catherine Cole Trask, y su padre, Clyde Trask. Clyde Trask se casó con otra mujer cuando Lois tenía dos años. También había certificado de matrimonio. William no había encontrado un certificado de defunción de Lois, solo uno de matrimonio, de 1969: ahora se llamaba Lois Bubar. «He mirado cómo se pronunciaba y es con "u": *Bubar*», contó con un punto de sarcasmo, y me recitó los nombres de los hijos y los nietos. Había certificado de defunción del marido de Lois, de hacía cinco años.

William me preguntó qué me parecía todo y luego, casi con desinterés, señaló: «Es absurdo. No puede ser verdad. Seguro que estas páginas están llenas de errores».

Me levanté y me cambié de asiento. Le pedí que volviera a contarme la historia. Yo no sabía nada de estas páginas web. Me lo repitió todo con paciencia, y, mientras lo escuchaba —y esto es literal—, sentí escalofríos en un costado.

—¿Lucy? —dijo William.

—Creo que es cierto, William —conseguí responder al cabo de unos segundos.

—No es cierto —protestó—. Por Dios, Lucy. Catherine nunca habría abandonado a su hija y, de haberlo hecho, que no lo habría hecho, se lo hubiera contado a alguien.

—¿Por qué estás tan seguro?

—Porque estos sitios son así. Te enganchan y luego...

—¿Qué sitios?

—Estas gilipolleces de las páginas web.

Puse cara de fastidio, aunque William naturalmente no podía verme.

—Venga, Pill, por favor, no digas eso. Las partidas de nacimiento no se inventan. ¡Catherine tuvo una hija!

—Voy a seguir indagando —contestó sin alterarse.

Y colgó.

—Serás idiota —pensé en voz alta—. ¡Catherine tenía otra hija!

Estaba atónita. Pero al pensarlo, extrañamente, todo cobró sentido.

El año anterior a que nos casáramos estábamos casi siempre en casa de William. Oficialmente yo no vivía allí, aunque de hecho sí vivía. Y éramos muy felices. Yo era muy feliz, y estoy segura de que él también lo era. Me esmeraba en preparar la comida, aunque casi no sabía cocinar. Y William era muy comprensivo. Tenía una televisión —yo nunca la había tenido de pequeña—, y todas las noches veíamos el programa de Johnny Carson. Yo hasta entonces no tenía noticia de que existiera ese programa, y lo veíamos juntos cada noche, en el sofá de William.

Recuerdo que ese año William me leía en voz alta. Era un libro infantil, para chicos ya algo mayores, que a él le gustaba mucho —trataba de un niño que vivía solo—, y me leía unas páginas todas las noches, en la cama, mientras yo me moría de deseo por él. Si, al apagar la luz, William no se daba la vuelta y me buscaba —casi todas las noches hacía eso—, a mí me entraba miedo y me sentía abandonada. Tanto lo quería.

Nos casamos en un club de campo del que la madre de William era socia, y fue una boda muy íntima, con unos cuantos amigos de la universidad y amigos de Catherine, y alrededor de una hora antes de la boda, cuando estaba vistiéndome en una habitación del primer piso del club —mis padres y mis hermanos no vinieron; de hecho, ni enviaron nada ni me escribieron cuando les anuncié que iba a casarme—, empecé a tener una sensación extraña, muy difícil de describir, como si las cosas no fueran del todo reales, y cuando bajé y me vi al lado de William y del juez de paz y me tocó decir los votos, casi no podía articular palabra. William me miró con mucho amor y mucha bondad, para ayudarme. Pero la sensación no se me quitaba.

Cuando nos dimos la vuelta, al final de la ceremonia, vi a la madre de William aplaudiendo, llena de alegría, y puede que en ese momento —no estoy segura— echara muchísimo de menos a mi madre, puede que siempre la hubiera echado de menos, no lo sé. Pero la sensación que acabo de describir no desaparecía, y luego, en la recepción que ofrecimos, no acababa de encontrarme allí. Me parecía todo un poco lejano, como si estuviera aislada. Y esa noche, en el hotel, no me entregué a mi marido con la libertad de costumbre, porque la sensación seguía dentro de mí.

La verdad es que esa sensación no se ha ido nunca.

No del todo. La tuve siempre, mientras estábamos casados —iba y venía—, y me aterraba. No podía describírsela a William, ni siquiera a mí misma, pero era un terror íntimo y silencioso que me acompañaba a menudo; y de noche, en la cama, no podía ser la misma de antes con William y, aunque intentaba que no se diera cuenta, él lo notaba, naturalmente, y cuando pienso en cómo me desesperaba aquellas noches, cuando él no me buscaba, antes de casarnos, comprendo lo que debió de sentir una vez casados: tuvo que sentirse humillado y asombrado. Por lo visto no había forma de hacer nada al respecto. Y eso fue lo que hicimos, nada. Porque yo no podía hablar de eso y William cada vez era menos feliz y se fue cerrando poco a poco: yo lo veía. Y así fue nuestra vida en común.

Cuando tuvimos a Chrissy, yo estaba muerta de miedo; no tenía ni idea de cómo cuidar de un bebé, y Catherine vino a quedarse con nosotros dos semanas. «Venga, venga —nos decía la primera semana—. Vosotros salid a cenar fuera». En mi recuerdo era un poco agresiva en su manera de hacerse cargo del bebé, y de nosotros. El caso es que salimos a cenar, pero yo seguía asustada, y esa noche, William, que en realidad había dicho poquísimo desde que nació la niña, confesó: «¿Sabes, Lucy? Creo que me habría gustado más que hubiera sido un niño».

Me sentí como si me tiraran una piedra por dentro y no hice ningún comentario.

Pero nunca lo he olvidado. En ese momento pensé: Bueno, por lo menos es sincero.

Lo que quiero decir es que entre nosotros hubo sorpresas y decepciones.

No podía dejar de pensar en Catherine. No estoy segura de por qué intuí lo de esa hija, pero estaba convencida. Me acordé de cómo cogía a Chrissy cuando era pequeña. Catherine se ocupó de ella, como digo, esos primeros días, pero al recordar esto me ha venido la imagen de otras veces, más adelante, cuando una nota de temor asomaba en los ojos de Catherine al coger en brazos a Chrissy. Es fácil recordarlo ahora, pero estoy segura de que el recuerdo es real. Y con Becka era cariñosa, aunque a veces también curiosamente distante. ¡Imagínense lo que pensaría ella cuando tenía a nuestras niñas en brazos!

Recuerdo que hablaba muy poco de su pasado, muy muy poco. Tenía un hermano mayor al que siempre despachaba con un gesto de malestar, explicando: «Bueno, tenía problemas». El hermano había muerto en un accidente en un paso a nivel, hacía años. Y cuando hablaba de su marido, el plantador de patatas, Catherine siempre lo menospreciaba, decía que era «desagradable» y que nunca se habían querido. Tenía dieciocho años cuando se casó con él y no fue a la universidad hasta que se mudó a Massachusetts con el prisionero de guerra alemán, el padre de William.

La historia de cómo conoció a Wilhelm (así se llamaba el padre de William, aunque cuando vino a Estados Unidos para siempre también él pasó a llamarse William) sí nos la sabíamos bien. Wilhelm era uno de los doce prisioneros de guerra que trabajaban en los campos de patatas; los llevaban a diario al patatal en un camión, desde sus barracones, cerca del aeropuerto local de Houlton. Y un día, alrededor de un mes después de que llegasen, Catherine les llevó unos dónuts que había hecho, para que almorzaran al lado de la nave donde guardaban las

56

patatas. Nos explicó que no les daban de comer lo suficiente, y que Wilhelm le echó una mirada que le provocó literalmente escalofríos.

Y fue entonces cuando Catherine se enamoró hasta el tuétano de él: con auténtica desesperación. Clyde Trask, el plantador de patatas, tenía un piano en el salón. Por lo visto su madre lo tocaba, pero había muerto justo antes de que Catherine se casara con Clyde Trask. El piano estaba olvidado. Era un piano vertical, antiguo. Y Catherine nos contó que, un día que su marido no estaba allí —había ido a Augusta, porque era representante en la cámara legislativa del Estado y tenía una reunión con alguna comisión, aunque no estaban en periodo de sesiones—, Wilhelm entró en la casa. Catherine se asustó pero le sonrió. Él se quitó la gorra, entró en el salón y se sentó a tocar el piano.

Fue en ese momento cuando Catherine se enamoró perdidamente de él, sin remedio. Decía que nunca había oído nada tan bonito como lo que Wilhelm tocó aquel día. Era verano, una ventana estaba entreabierta y la brisa acunaba la cortina mientras Wilhelm tocaba el piano. Era una pieza de Brahms, aunque Catherine entonces no lo sabía. Estuvo tocando un buen rato, y solo la miró un par de veces. Luego se levantó, hizo una leve reverencia —era un hombre alto, con el pelo rubio oscuro— y volvió a los campos. Catherine se quedó mirándolo por la ventana: se le veían los brazos fuertes, con las mangas de la camisa subidas, y llevaba las iniciales de prisionero de guerra escritas en la espalda con letras negras, y unas botas, y se alejó entre los surcos, alto y erguido, y solo volvió la cabeza una vez, un instante, y sonrió, aunque ella estaba segura de que desde tan lejos no podía verla detrás de las cortinas.

Siempre que nos contaba esta historia, a Catherine se le perdía la mirada. Era evidente que se imaginaba a Wilhelm: el hombre que entró en su casa, se quitó la gorra y se sentó a tocar el piano. «Y así fue —decía, volviendo a la realidad—. Así fue».

No sé cómo vivieron su aventura; eso nunca lo contó. Parece ser que Wilhelm sabía un poco de inglés, cosa extraña, según Catherine, entre los prisioneros de guerra. Sí nos habló del día en que dejó a su marido, el plantador de patatas. Fue un año después de ver a Wilhelm por última vez. Lo mandaron de nuevo a Europa cuando terminó la guerra, a hacer trabajos de reconstrucción. Estuvo seis meses en Inglaterra ayudando a limpiar y a reparar los daños de la guerra antes de volver a Alemania. Se escribieron. No sé si el plantador de patatas encontró las cartas, pero Catherine me contó una vez que iba todos los días a la oficina de correos para ver si había carta de Wilhelm, y que el empleado de la pequeña estafeta de Maine empezó a sospechar; eso me dijo. Y también que en la última carta que le escribió ella —después de que Wilhelm le anunciara que estaba en Massachusetts— para decirle que cogería el tren que llegaba a Boston, a la Estación del Norte, a las cinco de la mañana, se le olvidó especificar el día: era noviembre, había treinta centímetros de nieve y cuando fue a echar la carta temió que el cartero no la enviase. Pero el cartero tenía la obligación de enviarla, pensó Catherine, y evidentemente la envió. Nos contó que aprovechó una visita de su cuñada para irse de casa. Quería que el plantador de patatas no estuviera solo cuando se diera cuenta de que lo había dejado. Esto siempre me llamó la atención.

Por lo demás, yo apenas sabía nada de Catherine. Cuando le preguntaba cómo había sido su infancia, negaba con la cabeza. «No fue gran cosa —me dijo una vez—. Pero bien». Nunca volvió a Maine.

Esperé una semana y después llamé a William al trabajo. Lo noté distraído.

—¿Has sabido algo más? —pregunté.

—Es una chorrada, Lucy. No hay más que averiguar.

Cuando le pregunté qué había dicho Estelle, dudó un momento.

—¿De qué?

—De que tu madre tuviera una hija —aclaré.

—Lucy, no sabemos si tuvo otra hija —señaló. Pero insistí en que me contara qué había dicho Estelle, y por fin contestó—: Cree que no.

Cuando colgamos vi que William mentía. No entendí qué me ocultaba. Pero su tono no era del todo sincero, o esa impresión me dio. Decidí no volver a preguntarle por ese asunto.

¡Ay, cuánto echaba de menos a David! Lo echaba muchísimo de menos. Lo echaba increíblemente de menos. Me acordaba de que sabía lo mucho que me gustaban los tulipanes, y siempre, siempre, venía con tulipanes: aunque no fuera la temporada, iba a una floristería que estaba cerca de casa y me traía tulipanes.

Cuando era pequeña, si mi hermana, mi hermano o yo mentíamos, incluso si no mentíamos pero mis padres creían que habíamos mentido, nos lavaban la boca con jabón. Eso no es ni mucho menos lo peor que nos pasó en aquella casa, y por eso lo cuento aquí. Teníamos que tumbarnos en el suelo del cuarto de estar, boca arriba, y a quien hubiera dicho la mentira —pongamos que fuera mi hermana Vicky— sujetarlo entre los otros dos: uno de los brazos y otro de las piernas. Entonces mi madre iba a la cocina a por el trapo de secar los platos y luego al baño, y frotaba el trapo con la pastilla de jabón, y Vicky tenía que sacar la lengua para que mi madre se la frotara con el trapo hasta que le entraban arcadas.

Con los años, me parece una genialidad inconsciente que mis padres involucraran a los otros dos hermanos en el castigo; eso nos separaba. Todo lo que pasaba en aquella casa nos separaba.

Cuando me tocaba a mí tumbarme en el suelo, nunca me resistía como mi pobre hermano, que en esos momentos siempre estaba aterrorizado, y mi pobre hermana, que en esos momentos siempre estaba furiosa. Me tumbaba y cerraba los ojos.

Por favor, traten de entender esto:
Siempre he pensado que si hubiera un tablón de corcho grande, y en ese tablón una chincheta por

cada persona que ha vivido en este mundo, para mí no habría chincheta.

Lo que quiero decir es que me siento invisible. Y lo digo en su sentido más profundo. Es muy difícil de explicar. Y solo puedo explicarlo diciendo… ¡Ay, no sé qué decir! Realmente es como si no existiera. Supongo que es lo más aproximado que puedo decir. O sea, que no existo en el mundo. Quizá es por la sencilla razón de que en casa, cuando yo era pequeña, no había espejos. Solo uno diminuto encima del lavabo. En realidad no sé lo que quiero decir, más allá de que, en un plano fundamental, me siento invisible en el mundo.

Resultó que la pareja que me había dejado coger el tren con ellos aquella noche, cuando me quedé bloqueada en el aeropuerto de Washington D. C., vio poco después mi foto en el periódico y vino a una charla que di en Connecticut. La chica se deshacía en sonrisas: la verdad es que fue encantadora conmigo, mucho más que cuando estábamos en el aeropuerto, y eso fue —creo— porque descubrió que yo era alguien. La noche del aeropuerto era solo una mujer asustada que se les pegó como una lapa. Siempre me he acordado de eso: de lo distinta que estuvo conmigo la noche de la charla. Mi libro estaba funcionando muy bien y la biblioteca se había llenado de gente. Y creo que eso la impresionó.

Lo que seguramente no pudo adivinar era que, incluso delante de tanta gente, leyendo y respondiendo sus preguntas, seguía sintiéndome extraña y sinceramente invisible.

En julio y agosto, Estelle y William siempre alquilaban una casa en Montauk, en la punta más oriental de Long Island.

Después de la muerte de Catherine, William y yo siempre íbamos con las niñas a pasar una semana a Montauk en agosto; nos alojábamos en un hotelito y paseábamos entre la hierba alta por un sendero que llevaba a la playa desde el otro lado de la calle. Tendíamos las toallas en la arena y plantábamos la sombrilla. A mí me gustaba la playa; me encantaba el mar. Me quedaba mirándolo y pensaba que era como el lago Míchigan, aunque no se parecía en nada. ¡Era el mar! En realidad, tengo sentimientos encontrados sobre los días que pasamos allí.

A William le gustaba mucho Montauk, pero tengo el recuerdo de que a menudo estaba muy lejos, de mí y también de las niñas. Una vez, cuando eran pequeñas, tuvimos que esperar siglos a que William se terminara una fuente enorme de almejas en un restaurante. Recuerdo ver cómo quitaba la piel negra de alrededor del cuello de las almejas antes de sumergirlas en la taza de agua gris que había en la mesa; no decía nada, y las niñas empezaron a inquietarse, a sentarse encima de mí y a dar vueltas por el restaurante, cerca de las otras mesas. «Llévate a las niñas», me dijo. Eso hice. Y aun así tardó una eternidad en comerse las almejas. También recuerdo una ocasión, cuando regresábamos de Montauk a Nueva York, en que no me dirigió la palabra ni una sola vez.

No he vuelto a Montauk desde que nos separamos.

Pero...

William y Estelle alquilaban una casa allí. Bridget iba a un campamento, al oeste de Massachusetts, que por lo visto le encantaba; y William pasaba unos días a la semana en Nueva York, trabajando en el laboratorio. Estelle se quedaba en Montauk, y tenían invitados todos los fines de semana. Esto lo sé principalmente porque Chrissy y Becka iban siempre a pasar unos días con ellos, juntas o por separado. Becka me contó que la casa tenía un montón de ventanales, y Chrissy decía que los invitados eran «aburridísimos. Gente del teatro, creo». Pero es que Chrissy es abogada de la Unión por las Libertades Civiles, y está casada con un financiero. Las dos decían que Estelle cocinaba mucho, y yo me cansaba solo de oírlo. Nunca me ha gustado cocinar.

Lo segundo que le pasó a William fue esto:

Un día, a primeros de julio, un jueves, William me llamó por teléfono.

—¿Lucy? ¿Puedes venir?

—¿Adónde?

—A mi casa.

—Creía que estabas en Montauk. ¿Estás bien?

—Ven enseguida. ¿Puedes? ¿Por favor?

Así que salí de casa —hacía mucho calor: era uno de esos días en los que cuesta moverse por Nueva York, porque el calor te aplasta— y cogí un taxi para ir a casa de William, en Riverside Drive. El portero me dijo:

—Suba, la está esperando.

En el ascensor empecé a preocuparme mucho. Estaba preocupada desde que William me había llamado, pero el portero me dejó mucho más preocupada. Salí del ascensor, recorrí el pasillo hasta su puerta, llamé, y oí que William decía: «Está abierto». Y entré.

Estaba sentado en el suelo, delante del sofá, con la camisa arrugada y unos vaqueros sucios. Iba en calcetines.

—Lucy. Lucy, no me lo puedo creer.

Al principio pensé que habían entrado ladrones, porque tenía la sensación de que faltaban muchas cosas.

Pero lo que había pasado era otra cosa.

William había estado en un congreso, en San Francisco, y había leído una ponencia. En su momento pensó que la ponencia era floja y que los asistentes lo habían notado. Le hicieron muy pocos comentarios. En la recepción que hubo después, la gente a la que conocía desde hacía años fue amable con él, pero solo un compañero habló de su ponencia, y William tuvo la sensación de que lo hacía por pura cortesía. Volviendo a casa, en el avión, pensó que su carrera, en lo esencial, había acabado.

Al entrar en el portal de su casa —un sábado a media tarde—, el portero lo miró con la cara muy seria. Lo saludó con la cabeza y dijo: «Hola, señor Gerhardt». William se dio cuenta, pero se limitó a contestar: «Buenas tardes». No conoce a todos los porteros por su nombre, a pesar de que lleva casi quince años viviendo en el mismo edificio, y el nombre de aquel en particular era uno de los que William no recordaba. Luego, nada más abrir la puerta de casa vio que algo había cambiado, que parecía más grande, y al principio pensó (como me pasó a mí) que habían entrado a robar. En el suelo —casi la pisa— había una nota de Estelle, en una cuartilla. Desde el suelo, William me pasó la nota y me pidió: «Guárdala». Me senté en el sofá para leerla. La nota decía (la he guardado):

¡Cielo, siento mucho hacer esto así! Lo siento de verdad, cielo.

Me he ido de casa: ahora mismo estoy en Montauk, pero tengo un piso en el Village. Puedes ver a Bridget siempre que quieras. No te preocupes por pensiones para mí porque no las necesito. Lo siento mucho, William. No te culpo de nada (pero eres como inalcanzable, muchísimo). Aunque eres buena persona. Es que a veces te noto muy lejos. Muchas veces. Siento mucho no habértelo dicho. Supongo que soy muy cobarde.

Con cariño,
Estelle

Me quedé en el sofá un buen rato sin decir nada, mirando el salón. No podía precisar qué cosas faltaban, pero se notaba el vacío, y el sol que entraba por la ventana le daba un aire aún más tétrico. Por fin caí en la cuenta de que la butaca de color berenjena no estaba. Y luego vi un jarrón grande en la repisa de la chimenea. William siguió la dirección de mi mirada.

—Sí, se lo regalé por Navidad —explicó—. Lo ha dejado ahí.

—Vaya —dije. Nos quedamos mucho tiempo callados. De repente me fijé en que faltaban todas las alfombras, menos una pequeña que había en un rincón, y en parte por eso el salón parecía tan desangelado—. Un momento. ¿Se ha llevado las alfombras?

William se limitó a asentir.

—Vaya —repetí en voz baja—. ¡Madre mía!

Y William, que estaba sentado con las piernas estiradas, los calcetines sucios y las puntas de los pies vueltas hacia los lados, dijo:

—Lo que me da miedo, Lucy, es la sensación de irrealidad que tengo. Han pasado cinco días y no puedo quitarme de encima la sensación de que esto no es real. Pero lo es. Y me da miedo. Quiero decir que me da miedo la sensación de irrealidad —y añadió—: Ve al dormitorio. Estelle se ha llevado toda la ropa, y la mayor parte de la ropa de Bridget, y todos los muebles de la niña. Y en la cocina ha dejado solo la mitad de los cacharros. —Me miró con unos ojos que parecían casi muertos.

Me contó que a lo largo de los últimos cinco días había padecido oleadas de agotamiento. Había dormido sin soñar nada, a veces hasta doce horas seguidas, levantándose solamente para ir al baño, y que otra vez se veía envuelto en la niebla de la fatiga.

—Nunca, jamás, lo vi venir —dijo.

Le puse una mano en el hombro.

—Ay, Pillie —contesté en voz baja, mientras echaba otro vistazo al salón. El jarrón era de cristal, con piezas de colores—. ¡Madre mía!

Pasaron varios minutos. Yo seguía sentada en el sofá, y William se volvió entonces, cruzó los brazos encima de mis rodillas, y apoyó la cabeza sobre ellos. Pensé: Podría morirme ahora mismo. Le acaricié el pelo blanco.

—¿De verdad soy tan inalcanzable? —me preguntó, con unos ojos que parecían más pequeños y estaban enrojecidos—. ¿Tú crees que es verdad, Lucy?

—No tengo ni idea. No sé si eres más inalcanzable que cualquiera —fue lo más agradable que se me ocurrió.

William se levantó para sentarse a mi lado en el sofá.

—Si tú no lo sabes, ¿quién lo va a saber? —dijo, creo que en un amago de buen humor.

—Nadie.

—Ay, Lucy. —Me cogió de la mano y nos quedamos en el sofá, con los dedos entrelazados. De vez en cuando movía la cabeza con incredulidad y susurraba—: Caray...

Al final dije:

—Tienes dinero, Pill. No te quedes aquí. Vete a un hotel bonito hasta que lo resuelvas todo.

Y fue raro, pero me contestó:

—No, no quiero irme a un hotel. Esta es mi casa.

Digo que fue raro porque la llamó «su» casa. Por supuesto que era su casa. Llevaba muchos años viviendo allí. Había comido miles de veces con su familia en aquellas mesas de madera, se había duchado, leído el periódico y visto la tele. Yo, sin embargo, nunca había tenido esa sensación de hogar.

Nunca. Salvo cuando viví con él, hace muchos años. Ya lo he dicho antes.

Me quedé a pasar la tarde. Fui a su dormitorio —porque volvió a pedírmelo— y también al de Bridget, y comprobé que todo lo que me había dicho era verdad. La colcha azul de la cama de matrimonio estaba arrugada. Estelle la había dejado allí. Había pelusas en el suelo de la habitación de Bridget, supongo que donde antes estaba la cama, que se habían llevado.

—¿Dónde va a dormir Bridget cuando venga? —le pregunté a William cuando volví al salón.

Me miró, sorprendido.

—No lo había pensado. Supongo que tendré que comprar otra cama.

—Y un escritorio —dije. Y añadí—: Ve a ducharte y luego salimos a cenar.

Se duchó, y entró en el salón con mejor aspecto, con una camisa limpia, frotándose el pelo blanco con una toalla.

Hablamos de muchas cosas esa noche, mientras cenábamos. Fuimos a un restaurante antiguo y con aire acogedor y, como en esa época del año era fácil encontrar mesa, nos sentamos hacia el fondo y conversamos largo rato. Pero yo me sentía fatal. Me sentía fatal por el hombre que había sido mi marido. Hablamos mucho rato de Estelle y de Bridget, y luego un poco de nuestras hijas. Me pidió que dejase que fuera él quien les contara a Chrissy y a Becka que Estelle se había ido, y le contesté que por supuesto.

Entonces cogió un trozo de pan y me soltó:

—Catherine tuvo una hija antes de que yo naciera. Lo sé.

Me explicó que había estado investigando —antes de ir al congreso— y creía que su madre debió de quedarse embarazada unos meses después de que su padre se marchara primero a Inglaterra y luego a Alemania.

—Así que la niña —William había echado cuentas y manejaba todas las fechas— tendría entonces alrededor de un año. Seguro que ya andaba cuando mi madre un buen día se largó. —Me miró con evidente dolor. Me dio muchísima lástima, y en parte entendí que le doliera que su madre lo hubiese traicionado, lo mismo que sus dos mujeres—. Pero el padre —añadió—, Clyde Trask, se casó un año después con una mujer que se llamaba Marilyn Smith. —William pronunció el apellido con desprecio—. Y estuvo cincuenta años casado con ella. Tuvieron varios hijos, varones.

Le estrujé la mano.

—Pillie, vamos a aclarar todo esto. Vamos a resolverlo todo, no te preocupes.

—Bueno, tú sabes resolver las cosas. Eso es evidente.

—¿Estás de coña? ¡Yo no resuelvo nada!

—Lucy, tú lo resuelves *todo*.

Esa noche, cuando volvía a casa en un taxi, pensé que también yo había dejado a William de una forma similar, aunque con advertencia previa. Y solo me llevé algo de ropa. Pero le dije que quería irme. Que viviendo con él me sentía como un pájaro encerrado en una jaula. No lo entendió, y no lo culpo. Yo tenía un apartamento pequeño en Brooklyn, a un par de manzanas del adosado de ladrillo en el que vivíamos entonces. Tardé casi un año en mudarme, hasta que un día —cuando William estaba en el trabajo—, un lunes, cogí el teléfono, llamé a una tienda de colchones y dos horas más tarde me habían llevado un colchón a mi apartamento diminuto, y pensé: ¡Madre mía! O a lo mejor no pensé nada. Simplemente estaba aterrorizada. Así que guardé unas cuantas cosas en una bolsa de basura, salí a la calle, compré una sartén en un bazar, y también un tenedor y un plato. Y llamé a William y le dije que me había mudado.

Siempre me acordaré de su voz ese día:

—¿Te has mudado? —preguntó, con una voz muy pequeña—. ¿Sí?

Fue un detalle de su parte, lo pensé cuando iba en el taxi, no recordármelo.

También pensé en Estelle, y en que —era una suposición— no se habría ido si no estuviera liada con otro. Eso no se lo dije a William. ¿Quién sería? Quizá el del teatro, el que estaba con ella en la cocina esa noche, cuando le preguntó: «¿Te mueres de aburrimiento?». Me enfadaba si pensaba en ella. ¡Joder!, pensé, ¡no te soporto! Le había hecho daño a William, y por eso no podía soportarla.

En ese momento no pensé mucho en Catherine. Estaba más preocupada por el piso vacío de William.

Aunque en mi angustia por él también había cierto malestar con Catherine.

La noche en que me enteré de que William tenía aventuras —habían sido más de una—, nuestras hijas estaban en la cama y eran adolescentes; fue alrededor de medianoche, y William por fin me dio algunos detalles, y luego siguió con los más relevantes. Dos días antes yo había encontrado un recibo de una tarjeta de crédito en un bolsillo de la camisa, cuando iba a llevarla a la tintorería. Era de una cena, al parecer para dos personas —a juzgar por el precio— en un restaurante del Village, una noche que me dijo que se quedaría trabajando hasta tarde. Tenía miedo cuando le enseñé el recibo y le pregunté por él. Le pillé desprevenido (eso me pareció), pero dijo que una compañera del trabajo tenía problemas y había ido a cenar con ella. ¿Por qué no me lo había contado? Ahora mismo no recuerdo qué explicación me dio, pero me convenció y me tranquilizó... en parte. (Por aquel entonces yo llevaba unos años soñando que me engañaba, y cada vez que se lo decía él me contestaba con cariño: «No tengo la menor idea de por qué sueñas eso»). Pero esa noche había venido a casa una pareja de amigos, y ella subió a la azotea a fumar conmigo y me contó que había tenido una aventura con un hombre en Los Ángeles. «El sexo es genial —explicó mientras daba una calada—. El sexo es increíble».

Y cuando me dijo eso lo vi todo claro. Lo de William. No sé por qué pero en ese momento lo vi claro, y cuando bajamos y miré a William, creo que él me lo notó en la cara, y esperamos a que se marcharan los invitados y se acostaran las niñas. Entonces le dije lo que me había contado nuestra amiga, y al cabo de un rato él confesó. Primero habló de una y luego de otras dos. Una de ellas era una compañera de trabajo a la que al parecer apreciaba mucho, pero me aseguró que no estaba enamorado de ninguna. Aun así, tardó tres meses en hablarme de Joanne. Y cuando me habló de ella creí que me moría. Ya me sentí morir cuando me habló de las otras, pero esta mujer, Joanne, había estado en casa montones de veces, y un verano que yo estuve enferma llevó a las niñas a verme al hospital: había sido amiga mía, no solo de mi marido.

Un tallo de tulipán se partió dentro de mí. Esa sensación tuve.

Sigue partido: nunca volvió a crecer.

A raíz de eso, empecé a escribir con más sinceridad.

—Mamá —Becka me llamó por teléfono. Yo estaba en la calle, camino del bazar, al día siguiente de ver a William en su casa—. Mamá, ¿qué coño pasa?

Y comprendí que él le había contado lo de Estelle.

—Sí. —Fui a sentarme en un banco de la acera.

—¿Qué coño pasa? —repitió Becka—. ¡Pobrecillo, mamá! ¡Mamá!

—Sí, cielo. —Miraba pasar a la gente, con mis gafas de sol, pero en realidad no veía a nadie. Entonces entró otra llamada: era Chrissy—. Me está llamando Chrissy —le dije a Becka—. Espera un segundo. —Pulsé el círculo verde y Chrissy dijo:

—¡Mamá, no me lo creo! ¡Es que no me lo creo!

—Sí.

Fue así. Las chicas descargaron conmigo su indignación por lo que le había pasado a su padre. Les hablé a las dos con serenidad y, cuando me preguntaron si William se repondría, contesté con un sí rotundo. Lo subrayé mucho, porque no estaba segura... Aunque no le quedaba más remedio. ¿Qué remedio nos queda a la mayoría?

—Todavía es joven —señalé—. Y tiene muy buena salud. Saldrá adelante.

Una semana después Chrissy había encargado una cama y una mesa para Bridget y también había comprado alfombras nuevas.

—Son mucho más bonitas —aseguró—. Le dan mucha claridad a la casa.

Chrissy es maravillosa. Siempre se ocupa de todo.

Tres semanas más tarde, me llamó por teléfono.

—Mamá. Vamos a cenar con papá en su casa. Nos gustaría que vinieras.

Creo que tengo que aclarar esto. Ya sé que he dicho que no hablaría de David, pero deberían saber ustedes lo siguiente:

Cuando digo que William había sido mi único hogar, es verdad. David —ya lo señalé antes— era judío jasídico, se había criado en las afueras de Chicago y venía de una familia pobre. Pero se alejó de su comunidad a los diecinueve años, lo condenaron al ostracismo y no volvió a tener relación con su familia hasta casi cuarenta años después, cuando su hermana decidió buscarlo. Basta con que sepan que David y yo teníamos una cosa en común: los dos nos criamos al margen de la cultura del mundo exterior. Ninguno de los dos tenía televisión en casa. De la guerra del Vietnam solo teníamos una vaga idea hasta que lo estudiamos más adelante; nunca llegamos a aprendernos, porque no las oíamos nunca, las canciones populares de cuando éramos pequeños; vimos las películas de la época ya de mayores y no conocíamos las expresiones de moda. Es difícil describir lo que significa crecer en semejante aislamiento del mundo. Por eso nos convertimos en un hogar el uno para el otro. Pero —los dos teníamos la misma sensación— nos sentíamos como esos pájaros que se posan en los cables del teléfono en Nueva York.

Déjenme decir solo una cosa más sobre este hombre...

Era bajito, y un accidente de la infancia le había dejado una cadera más alta que la otra, así que andaba despacio y con una cojera muy marcada. Y, para su estatura, pesaba unos kilos de más. Lo que quiero decir es que no podía ser más distinto de William. Y con él no tuve para nada la misma reacción que cuando me casé con William. Quiero decir que el cuerpo de David fue siempre un inmenso consuelo para mí. Que David fue un inmenso consuelo para mí. ¡Cuánto me consoló ese hombre!

Cuando fui a cenar esa noche a casa de William, con él y las chicas, me sorprendió verlas sin sus maridos y se lo dije.

—Los hemos dejado en casa —contestó Becka, sonriendo.

Era verdad que la casa había mejorado mucho, y di un paseo para admirar todo lo que había hecho Chrissy. (El jarrón había desaparecido de la repisa de la chimenea). William también había mejorado, aunque cuando se agachó para darme un beso en la mejilla suspiró y me apretó el brazo, como dándome a entender que él estaba allí por nuestras hijas, para que viesen que se encontraba bien. Las chicas prepararon la cena, nos sentamos los cuatro en la cocina —Estelle no se había llevado la mesa redonda—, y William se tomó dos copas de vino tinto, cosa que no hacía casi nunca. Lo que quiero decir es que William casi nunca bebía. Y pasó lo siguiente:

Me resultó facilísimo estar allí. Creo que todos sentíamos lo mismo. Era como estar fuera del tiempo, y los cuatro volvimos a los ritmos que compartíamos cuando éramos una familia. O sea, que me sentía totalmente relajada. Y tenía la sensación de que ellos tres también lo estaban. Era sorprendente lo fácil que nos resultaba a todos. Los miré a los tres y me pareció que estaban radiantes de felicidad.

Hablamos de antiguos amigos de la familia, del año en que Becka se tiñó unos mechones de pelo violeta, cuando era adolescente. Contamos la historia, como tantas otras veces, de cuando Chrissy iba sentada en su silla del coche —tenía tres años— y su padre paró el coche, porque ella no dejaba de alborotar, la señaló con un dedo y le dijo: «Oye, estás empezando a cabrearme». Y Chrissy se echó hacia delante y contestó: «No, óyeme tú a mí. Estás empezando a cabrearme». Chrissy, tan adulta ahora, se ruborizó de satisfacción. Hablamos de cuando las llevamos a Disneylandia, en Florida, y Chrissy se atragantó de risa al acordarse del miedo que pasó Becka cuando el Capitán Garfio, en el desfile, se detuvo a su lado y la amenazó con la espada.

—No pasé miedo —protestó Becka, y todos le dijimos que sí.

—Tenías nueve años —recordó Chrissy—. ¡Pero parecía que tenías tres!

Becka se echó a reír y se le llenaron los ojos de lágrimas.

—Tenía ocho —corrigió William—. Tenía ocho años.

Nos quedamos en la cocina, riéndonos, y lo pasamos de maravilla. Hasta que Becka miró el reloj y dijo: «Tengo que irme», y de pronto puso cara de tristeza. Y Chrissy contestó que ella también tenía que irse. Y miré a William, y me dijo: «Tú también te vas, Lucy. Venga. —Se levantó—. Fuera de aquí las tres. Yo lo limpio todo. Fuera». Y por cómo sonrió tuve la sensación de que estaba bien, y las chicas tuvieron la misma sensación, y cuando ya salíamos de la cocina, Becka se volvió de pronto y propuso: «¿Abrazo familiar?». Y William y yo nos miramos un momento, creo que un poco emocionados, porque cuando las niñas eran muy pequeñas a veces decíamos: «¿Abrazo familiar?». Y nos estrujábamos los cuatro. Y eso hicimos, solo que las chicas eran mayores y Chrissy es más alta que yo, pero nos abrazamos hasta que me aparté y dije: «Bueno, vamos». Y bajamos las tres en el ascensor, y cuando salimos a la calle, a Becka se le cayeron las lágrimas, y la abracé y entonces se echó a llorar, y Chrissy se puso seria, y les dije: «Venga, chicas, coged ese taxi... Marchaos».

Y cuando subí a otro taxi, poco después, me eché a llorar. El taxista me preguntó si me encontraba bien y le conté que no, que había perdido a mi marido.

—Lo siento —dijo—. Lo siento mucho —repitió.

Quiero decir esto, sobre mi madre:

Ya he escrito otras veces sobre ella y en realidad no tengo ganas de contar nada más, pero creo que hay un par de cosas que conviene saber para entender esta historia. El par de cosas son: no recuerdo que mi madre tocara nunca a ninguno de sus hijos si no era con violencia. No recuerdo que dijera nunca: Te quiero, Lucy. Cuando llevé a William a conocer a mis padres, mi madre me sacó de casa inmediatamente y me gritó: «¡Llévate a ese hombre de aquí! Está poniendo nervioso a tu padre». Y nos marchamos. Aquello se debía, según dijo mi madre, a que William era alemán y, por lo visto, para mi padre tenía pinta de alemán, y le traía muchos recuerdos de la guerra y de lo mal que lo había pasado.

Así que William y yo subimos a su coche y nos fuimos de allí.

Ese día, en el viaje, le conté algunas cosas que me habían pasado en aquella casa diminuta —y antes también, en el garaje; cosas que William no había sabido hasta entonces—, y se quedó callado, sin apartar la vista de la carretera. A lo largo de los años siguientes le conté más cosas: es la única persona que sabe lo que ocurrió en la casa diminuta y, antes de eso, en el garaje, donde viví cuando era pequeña.

Mi madre —porque William le pagó el viaje— vino a Nueva York unos años más tarde, cuando me operaron de una apendicitis que me afectó más de lo normal, y se quedó cinco noches conmigo en el hospital: cosa insólita. Me pareció increíble. Me hizo pensar que me quería. Pero nunca, ni antes ni después de esa visita, aceptó una llamada a cobro revertido cuando intenté hablar con ella porque la echaba de menos. Le decía a la operadora: «La chica ahora tiene dinero y puede pagar la llamada». Pero yo no tenía dinero. Éramos jóvenes, estábamos empezando, y William solo tenía una beca posdoctoral.

Esto no tiene importancia.

Lo importante es que fui a visitar a mi madre años después de que ella viniera a verme, cuando se estaba muriendo en un hospital de Chicago. Y me dijo que me fuera de allí. Así que me fui.

Durante mucho mucho tiempo, pensé que ella me quería. Pero cuando mi marido se puso enfermo, y después, cuando murió, lo cuestioné. Creo que fue porque mi amor por David estaba muy presente. Por eso a veces me quedaba poco cariño para mi madre.

Mi hermano vive solo en la casa en la que nos criamos. Mi hermana vive en un pueblo que está cerca de allí. Nos vimos los tres hace no muchos años, y coincidimos en que mi madre no estaba en sus cabales.

Ahora hablo con mis hermanos por teléfono una vez a la semana, pero llevábamos muchos años sin hablar.

Me digo a mí misma que mi madre me quería. Creo que me quería en la medida en que le era posible. Como me dijo una vez esa psiquiatra encantadora: «El deseo nunca muere».

Catherine había empezado a jugar al golf en el club de campo del que se hizo socia después de que muriera el padre de William. Jugaba todas las semanas con el mismo grupo de mujeres. Y enseñó a jugar a William, aunque cuando lo conocí en la facultad, él no jugaba; quiero decir que nunca lo vi jugar al golf ni hablar de eso. Cuando íbamos a ver a su madre, jugaba al golf con ella, y la primera vez que fueron al campo yo pensé que sería como el tenis, que tardarían un par de horas en volver. Pero tardaron más de cinco, y me enfadé un montón: ¿dónde se habían metido? Se rieron un poco de mí y me dijeron: «Lucy, es lo que se tarda en jugar al golf».

Ese año —justo antes de que nos casáramos— Catherine me organizó una clase de golf. Me llevó a una tienda en el club de campo, me compró una falda, corta y roja, y unos zapatos, y me sentí muy rara; me sentí rarísima. Y entonces el «profe», que así lo llamaban, me dio la clase, y me entraron ganas de llorar, porque no me gustó. A pesar de todo, intenté practicar el *swing*, pero no me salía demasiado bien, y cuando Catherine vino a buscarme creo que vio mi angustia, porque mientras entrábamos a comer en el club oí que le decía a William en voz baja: «Me parece que ha sido demasiado para ella».

Mi cumpleaños era poco después, y Catherine me preguntó qué me apetecía. Le dije que un bono de regalo para una librería. La idea de ir a una librería y «comprar» varios libros me hacía muchísima ilusión. El día de mi cumpleaños me llevó al garaje y me enseñó una cosa llena de palos de golf. Se le iluminó la cara, aplaudió y me dijo: «Feliz cumpleaños. Tu equipo de golf».

No jugué al golf ni una sola vez.

Estelle sí jugaba al golf: William y ella jugaban juntos en Montauk y también en Larchmont, donde vivía la madre de Estelle. Y Joanne también jugaba: me acordé de esto mirando el río, unos días después de que cenáramos en casa de William.

Llamé a William alrededor de una semana más tarde, para ver cómo andaba. Me dijo que estaba bien y que Bridget había ido a pasar unos días, y colgamos. Y pensé: Vale, no volveré a llamarlo. Me quedé con la sensación de que había estado algo antipático.

Pero un par de semanas después —casi a finales de agosto— me llamó una noche y me contó que estaba pensando en Lois Bubar, en su hermanastra, dando vueltas a si llamarla o no. Y hablamos de ello. Dijo que por un lado quería localizarla, porque se le acababa el tiempo y eran hermanos, pero por otro no quería, porque a lo mejor ella lo odiaba. Seguro que odiaba a su madre.

—No sé qué hacer, Lucy —dijo, y luego me preguntó—: ¿Las chicas están al tanto?

—Yo no se lo he contado. ¿Tú?

—Tampoco, pero pensaba que tú sí.

—Bueno, yo creo que es cosa tuya.

—Vale.

Colgó.

Volvió a llamarme a los cinco minutos.

—Lucy, ¿vienes a Maine conmigo?

Me sorprendió mucho. No dije nada.

—Anda —insistió—. Vamos a Maine unos días, la semana que viene. Ven conmigo, Lucy. Vamos a ver cómo es el sitio donde ocurrió todo esto. Tengo la dirección de Lois Bubar. Vamos solamente a verlo.

—¿Solamente a verlo? Me parece que no lo entiendo.

—Yo tampoco —reconoció William.

Un comentario sobre los viajes:

Catherine era quien nos llevaba de vacaciones. Me refiero a cuando la gente se tumba a tomar el sol alrededor de una piscina en una isla del Caribe. La primera vez que nos llevó de viaje estábamos recién casados. Lo organizó todo ella y fuimos los tres a las islas Caimán. Yo solo había subido a un avión una vez en la vida, cuando William me llevó al este en mi último año de carrera. No me podía creer que estuviera en el cielo, y tuve que hacer como si no le diera importancia, aparentar. Pero me pareció increíble.

Cuando hicimos ese viaje a las Caimán yo ya había ido en avión al menos una vez y pude actuar con naturalidad, o sentirme más o menos natural. Pero cuando bajamos del avión, salimos a la pista bajo un sol cegador y cogimos una furgoneta hasta el hotel, me sentí fatal. No tenía ni idea —ni la más remota idea— de qué hacer: no sabía usar la llave del hotel, qué ponerme para ir a la piscina, cómo sentarme al lado de la piscina (no sabía nadar). Y todo el mundo me parecía de lo más elegante; todos sabían perfectamente lo que hacían. ¡Madre mía, estaba petrificada! Veía los cuerpos tendidos en las tumbonas, embadurnados de una sustancia pringosa que los hacía brillar. Alguien levantaba la mano, y una camarera con coleta y pantalones cortos le llevaba la bebida que quisiera. ¿Cómo sabían todos lo que había que hacer? Me sentía invisible —ya lo he dicho antes— y al mismo tiempo tenía la extrañísima sensación de llevar en la cabeza un letrero luminoso que decía: Esta chica no sabe nada. Porque no sabía nada. Y William y su madre juntaron las tumbonas y se sentaron mirando al mar antes de que él se volviera a mirar qué hacía yo. Y entonces me hizo señas para que me acercara.

—¿Qué te pasa, Lucy? —preguntó Catherine. Llevaba un sombrero de loneta, de ala ancha. Me miró tras las gafas de sol.

—Nada.

Dije que volvía enseguida, subí a nuestra habitación —aunque me perdí y estuve dando vueltas por el lado contrario de la planta— y, cuando por fin llegué a la habitación, estuve un buen rato llorando. Creo que ninguno de los dos llegó a enterarse nunca.

Cuando volví a la piscina seguían en sus tumbonas, y Catherine estuvo muy amable conmigo. Me cogió de la mano.

—Creo que esto es demasiado para ti —dijo.

La habitación de Catherine estaba al lado de la nuestra, y las dos tenían una puerta corredera de cristal que daba a un patio pequeño; los muebles eran de color beis claro y las paredes blancas. Desde nuestra habitación, oía las idas y venidas de Catherine en su patio; oía deslizarse su puerta corredera. De noche, le suplicaba a William que no hiciera ruido mientras hacíamos el amor; me asustaba pensar que su madre estaba tan cerca. En la casa diminuta en la que viví de pequeña oía los ruidos sexuales de mis padres casi todas las noches, y me horrorizaban; me daban pánico los gritos de mi padre. Dormí muy mal esa semana en las islas Caimán.

Cuando nacieron las niñas, yo las vigilaba al lado de la piscina mientras Catherine y William se

83

sentaban a charlar. Una vez le pregunté a Catherine: «Cuando eras pequeña ¿hacías viajes como estos?». Estaba leyendo una revista, se la puso en el pecho y se quedó mirando el mar. «No, nunca», contestó. Y siguió leyendo.

Yo odiaba aquellos viajes. Todos ellos.

Una vez —llevaríamos alrededor de cinco años casados— fuimos a Puerto Rico en Acción de Gracias y nos alojamos en un hotel mucho más elegante que el de las Caimán, rodeado de césped, con una piscina enorme y el mar delante. No sé por qué, a lo mejor porque era Acción de Gracias, pero yo echaba muchísimo de menos a mis padres, incluso a mi hermano y a mi hermana. Reuní todas las monedas que pude —fui a pedirle al recepcionista todas las que tuviera, para no decir nada a William y a Catherine— y llamé desde una cabina de teléfono; había una hilera de cabinas en el vestíbulo del hotel, separadas por un panel de caoba. Llamé a casa y contestó mi padre. Parecía muy sorprendido de oírme, y no me extrañó. Era muy raro que llamase a mis padres.

—Tu madre no está —me dijo.

—No importa, papá. No cuelgues.

Y me preguntó, con voz cariñosa:

—¿Estás bien, Lucy?

Y entonces lo solté:

—Estamos en Puerto Rico, papá, con la madre de William, y ¡no sé qué hacer! ¡No sé qué hacer en un sitio así!

Y mi padre se quedó callado un momento, y luego preguntó:

84

—¿Es bonito, Lucy?

—Supongo que sí.

—Yo tampoco sé qué tienes que hacer. ¿Por qué no disfrutas del paisaje?

Eso me dijo ese día. Mi padre.

Pero yo no podía disfrutar del paisaje. Bastante tenía con vigilar a las niñas en la piscina: eran muy pequeñas, pero les encantaba chapotear, y Catherine les había comprado unos flotadores para que no se hundieran. Muy de vez en cuando, la abuela se metía en la piscina con sus nietas, me señalaba desde el agua y les decía a las niñas: «¡Ve con mamá, ve con mamá!». Y se reía y aplaudía. Luego salía de la piscina, y volvía a la playa, a leer. Si William estaba cerca de la piscina, o mejor aún, en el agua, yo me sentía más tranquila, más a salvo de la gente que tomaba el sol en las tumbonas, con los brazos caídos y los ojos cerrados. Pero él nunca se quedaba mucho rato en la piscina: me dejaba sola con las niñas, y yo me asustaba.

En el viaje de vuelta, las niñas se ponían de mal humor y (así lo recuerdo) su padre no abría la boca mientras esperábamos en el aeropuerto. En el avión, me sentaba entre ellas y procuraba entretenerlas, aunque muchas veces estaba enfadada. Porque si una de las dos lloraba, los pasajeros nos miraban con mala cara, y William y su madre iban en otra sección del pasaje.

Desde entonces he viajado por todo el mundo, por trabajo —cuando publico un libro, los editores extranjeros me invitan a presentarlo y hay ferias en todas partes—; he ido a muchos países, en primera clase, donde te dan el kit con cepillo y pasta de dientes y un antifaz... He hecho un montón de viajes.

Qué extraña es la vida.

Quedé con Becka y Chrissy en Bloomingdale's el sábado. Lo hacemos con frecuencia desde hace años. Vamos a la cafetería de la planta séptima a tomar yogur helado y luego damos una vuelta por las tiendas sin demasiadas ganas. Ya he contado otras veces que hacía esto con mis hijas.

Si lo menciono es porque, cuando llegaron, Becka dijo:

—¡Mamá! ¿Qué chorradas está haciendo papá? Su mujer lo abandona y de pronto descubre que tiene una hermanastra. ¡Mamá! —Me miró con sus ojos castaños.

—Ya lo sé.

Chrissy estaba muy seria.

—Es horrible, mamá.

—Sí, yo pienso lo mismo.

Y las dos dijeron que se alegraban de que fuese con él a Maine.

Observé a Chrissy, y no me pareció que estuviera embarazada ni habló del tema hasta que, cuando íbamos andando por la sección de zapatería, después de tomar el yogur helado, me anunció:

—Estoy yendo a un especialista, mamá. Me hago mayor.

—Me alegro por ti —dije, y la cogí del brazo.

Sé que hay culturas en nuestra sociedad en las que una madre se pondría muy preguntona: ¿quién es el especialista? ¿Puedo ir contigo? ¿Qué te está haciendo exactamente? Pero ese no es mi caso. Vengo de una familia puritana, por parte de madre y de padre —los dos estaban orgullosos de eso—, y nosotros no hablábamos de esas cosas. En mi casa, cuando era pequeña, se hablaba muy poco.

Pero cuando nos despedimos, les di un beso, como siempre y, como me suele pasar, me dolió separarme de ellas. Esta vez el dolor fue un poco más fuerte.

—¡Buena suerte! ¡Buena suerte! —me desearon antes de entrar en el metro—. ¡Llama y cuéntanos! ¡Adiós, mamá! ¡Adiós, mamá!

Ya que acabo de nombrar a mi padre, me gustaría decir algo más de él. También sufrió estrés postraumático. Había estado en la Segunda Guerra Mundial, en Alemania, y volvió muy pero que muy afectado. Nunca hablaba de aquello. Mi madre debió de contarnos que había combatido, porque yo lo sabía de pequeña. El estrés postraumático (aunque entonces no conocía el término) se manifestaba, en el caso de mi padre, con una ansiedad tan grande que al parecer le producía una necesidad sexual casi constante. A veces se ponía a dar vueltas por la casa...

No voy a decir nada más.

Pero yo quería a mi padre.

Lo quería.

Creo que si he hablado de él es porque mientras hacía el equipaje para ir a Maine me acordé del padre de William, que como ya he contado luchó en el bando de los nazis. (Y mi padre luchó contra ellos). En las cartas que el padre de William le escribió a Catherine, según nos contó ella, decía que, cuando volvió a Alemania, «no le gustaron nada las cosas que había hecho su país». Pero esas cartas ya no existen —cuando murió Catherine, William y yo no las encontramos—, y por tanto no sabemos qué pensaba en realidad de la guerra, al margen de una conversación que William recuerda haber mantenido con él cuando tenía unos doce años, en la que le dijo, hablando de Alemania, que no le gustaba nada lo que habían hecho. Y, mientras guardaba en la maleta una blusa de verano, pensé: ¿Por qué vino su padre a Estados Unidos? ¿Simplemente deseaba estar con Catherine? ¿O es que quería ser estadounidense? Lo encontraron soldados estadounidenses en una trinchera en Francia, y creyó que iban a matarlo, pero no lo hicieron. Y decía —según William y Catherine— que ojalá pudiera localizar a esos soldados para darles las gracias. Quizá quería estar con Catherine y también ser estadounidense. Probablemente las dos cosas. Estudió en el MIT y, como ya he dicho, se hizo ingeniero civil.

Pero estaba pensando en los terrores nocturnos de William: me había contado que se imaginaba las cámaras de gas y los crematorios.

Y me acordé de que, cuando William heredó de su abuelo, que se había lucrado con la guerra,

Catherine, que aún vivía, hizo muy pocos comentarios. Pero a mí, un día, cuando la encontré tumbada en el sofá de color mandarina, me dijo: «Ese dinero es sucio. Debería devolverlo todo».

William no lo devolvió: se hizo muy rico. Aunque, como ya he explicado, dona dinero. Cuando le preguntaba a William por el dinero —y qué pensaba hacer con él— siempre se cerraba en banda: «Quedármelo», decía. Y se lo quedó. Nunca lo entendí, y ahora pienso que William quizá consideraba que se lo debían. ¿A lo mejor porque su padre murió cuando él era muy pequeño? Sé que la gente, cuando ha perdido a un ser querido, a veces, inconscientemente, cree que se merece algo a cambio. A pesar de que William recibió este dinero muchos años después, creo que la sensación de pérdida seguía presente. Creo que William tenía —y tiene aún— la sensación de que se le debía algo.

Catherine y su marido nunca fueron juntos a Alemania. Y pensé que ninguno de los dos —salvo cuando Wilhelm regresó a su país después de la guerra— había vuelto nunca a los escenarios de su infancia. Tenían eso en común.

Y mientras guardaba en la maleta un camisón para nuestro viaje a Maine, de repente se me ocurrió que la vida de William siempre había discurrido como un tren sobre unas vías flojas: las imágenes de Dachau, que no lo abandonaban desde que estuvo allí conmigo hacía muchos años. Lo que vio en Alemania lo dejó de piedra. Seguramente le obsesionaba el papel de su padre en la tragedia. Insoportablemente asustado. La experiencia lo había dejado a la deriva.

Eso pensé.

¿Es posible que tuviera la sensación —si es que se permitía pensar en estas cosas— de que la vivencia lo había cambiado en cierto modo más que nada, incluso que la muerte de su madre?

Sin embargo, fue a raíz de la muerte de su madre —al menos eso creo— cuando empezó a tener aventuras con otras mujeres, y con Joanne.

Solo digo que no sabía quién era William. Ya me lo había preguntado antes. Me lo he preguntado muchas veces.

Tengo que aclarar esto:

Nunca hablé con las chicas de las aventuras de su padre. Pensé: Por mí no se enterarán nunca. Y como antes no se lo había dicho, tampoco después de dejar a William quise hablarles de ellos.

Pero un día —no hace demasiado tiempo, puede que seis o siete años— fuimos a Bloomingdale's, las chicas y yo, y después a un bar, a tomar un vino. Y cuando nos sentamos, se miraron, y Chrissy preguntó:

—Mamá, ¿tuvo papá una aventura cuando estabais casados?

Me quedé callada, mirándolas y viéndome en sus ojos claros.

—¿Estáis preparadas para esta conversación? —dije.

Asintieron las dos.

Y entonces contesté:

—Sí, la tuvo.

—¿Con Joanne? —preguntó Becka.

—Sí.

Y luego —porque quería ser justa— añadí que yo tenía una aventura cuando dejé a su padre. Miré a mis hijas y les conté que me había enamorado de un escritor de California y que tuve una aventura con él. Les expliqué que el escritor estaba casado, y señalé:

—Tenía hijos. Eso hice. Quiero que lo sepáis.

Reaccionaron con más interés que sorpresa, y eso me asombró.

—¿Qué pasó? —dijo Chrissy.

—Bueno, él acabó separándose, pero... En fin, yo sabía que no me iría con él, y no me fui. Aunque también sabía que no podía seguir con vuestro padre después de aquello. —Lo que más me sorprendió fue lo poco que se interesaron mis hijas por esta aventura. Chrissy quería saber más cosas de Joanne.

—¿Cuánto duró?

Les dije que no lo sabía.

—A mí me caía bien —aseguró Becka. Y su hermana se volvió hacia ella.

—Te encantaba —le recordó casi con rabia.

—Bueno, ¿por qué no? —señalé—. No lo sabíais.

Se quedaron calladas, hasta que Becka negó con la cabeza.

—No entiendo absolutamente nada de esta vida —afirmó.

—Yo tampoco —asentí.

Cuando nos despedimos, me dieron un beso, me abrazaron y me dijeron que me querían. Me había alterado mucho la conversación; a ellas, al parecer, no tanto. Esa sensación tuve.

Pero ¿quién conoce en realidad la experiencia de otra persona?

Cuando llegué al aeropuerto de LaGuardia, vi a William a lo lejos y me fijé en que se había puesto unos pantalones chinos que le quedaban demasiado cortos. Me contrarió un poco. Llevaba mocasines y unos calcetines azules que no eran ni azul oscuro ni azul claro, y los pantalones los dejaban unos centímetros sin cubrir. Ay, William, pensé. ¡Ay, William!

Parecía agotado. Tenía ojeras oscuras. Me saludó con un: «Hola, Botón», y se sentó a mi lado. Llevaba una maleta de ruedas, marrón oscura, de dos tonos. Vi que era cara. Se fijó en la mía, de un color violeta chillón, y dijo:

—¿En serio?

—Calla. Nunca la pierdo.

—Ya lo supongo.

Luego cruzó los brazos y echó un vistazo alrededor.

—¿Has estado en Maine alguna vez, Lucy?

Un niño iba gateando por la moqueta, con su madre detrás. La madre llevaba una mochila portabebés en el pecho. Nos sonrió y vi que William le devolvía la sonrisa.

—Una vez —dije.

—¿Sí?

—Me invitaron a esa facultad de Shirley Falls, a dar una charla. Creía que te lo había contado.

—Cuéntamelo otra vez. —No paraba de mirarlo todo.

—No sé qué libro era. ¿El tercero? El caso es que el director del Departamento de Literatura me invitó, escribía relatos, y pasé la tarde con él, oyendo batallitas de su madre, que se estaba haciendo mayor y le daba muchos quebraderos de cabeza... Y mientras dábamos una vuelta por el campus, me fijé en que no había visto ningún cartel que anunciara mi charla de esa noche. Así que me invitó a cenar y después subimos a una sala en la que habían puesto unas cien sillas. Y no apareció ni una sola persona.

—¿En serio? —William me miró.

—Sí, completamente en serio. La única vez que me ha pasado. Estuvimos esperando una media hora y luego me fui a mi habitación, y el profesor me escribió un correo electrónico para pedirme disculpas y decirme que no se explicaba qué había sucedido. Y a mí en ese momento no se me ocurrió que al menos sus alumnos tendrían que haber aparecido. Creo que no se lo dijo ni a ellos. Le contesté que no se preocupara.

—Caray, ¿qué le pasaba?

—No lo sé.

—Yo sí. —William me miró casi con rabia—. Tenía celos de ti, Lucy.

—¿Tú crees? No sé yo.

Suspiró y movió la cabeza despacio, mirando al niño que gateaba por la moqueta.

—No, claro que no lo sabes, Lucy. —Se estiró el bigote—. ¿Te pagaron?

—Sí, claro. Bueno, no me acuerdo. Algo me dieron, seguro.

—Caray, Lucy —dijo.

Llegamos a Bangor a eso de las diez menos cuarto de la noche. El avión era pequeño e iba medio vacío. Mientras cruzábamos el aeropuerto —no estaba bien iluminado y daba un poco de miedo—, vi muchos carteles que daban la bienvenida a los veteranos de guerra, y William me explicó que había estado investigando y que el aeropuerto era una antigua base de las Fuerzas Aéreas, que la pista de aterrizaje era muy larga. Era allí donde los militares de servicio en ultramar hacían su primera escala al volver a casa desde su destino. Y de allí salían: era su última etapa antes de dejar Estados Unidos. Añadió que durante la guerra de Irak pasaron por allí muchos soldados camino de casa y que la gente de Maine iba a recibirlos. Había una sala por la que no cruzamos, indicada con un cartel en letras grandes: SALA DE BIENVENIDA. Parecía casi un museo. Y eso me hizo pensar en mi padre. Él volvió de Alemania a Nueva York en barco, y desde allí fue en tren hasta Illinois. Pero ¿era posible que el padre de William hubiera llegado a Maine así? ¿Lo trajeron en avión como prisionero de guerra?

—No —explicó William—. Vino de Europa en barco y después cogió un tren en Boston. He estado leyendo sobre aquella época.

Tenía una extraña sensación de irrealidad.

Y entonces vi a un hombre que iba al aeropuerto a pasar la noche (creo). No era ni viejo ni joven;

95

llevaba muchas bolsas de plástico blancas, en vez de maletas, y estaba solo en una zona donde las luces eran muy tenues. Creo que se dio cuenta de que lo estaba observando. Dejó de comer patatas fritas de la bolsa grande que tenía en las rodillas.

Nuestro hotel estaba unido al aeropuerto. Había que recorrer un pasillo hasta el vestíbulo, que no parecía tal cosa a pesar de que tenía dos butacas. Mientras William se ocupaba del registro —en habitaciones separadas—, eché un vistazo y vi que había un bar justo detrás, con más hombres que mujeres, en taburetes de madera, todos viendo la televisión que tenían delante. Me alejé de William y le pedí a la camarera una copa de chardonnay.

—El bar está cerrado —contestó, sin mirarme—. Cierra a las diez. —Estaba lavando los vasos en el fregadero, bajo un chorro de agua.

—Por favor —le insistí.

El reloj de la pared indicaba que no eran ni siquiera las diez y cinco. La mujer no dijo nada más, pero me sirvió el vino de malos modos.

Con mi copa de vino en la mano y mi maleta violeta, seguí a William —estábamos en cuartos contiguos— y entré en mi habitación. Hacía mucho frío. El termostato marcaba quince grados. Nunca he soportado el frío. Apagué el aire acondicionado, sabiendo que aun así la habitación seguiría estando demasiado fría para mi gusto. En el cuarto de baño había un frasco (diminuto) de enjuague bucal y, envuelto en celofán, un peine de hombre. Me quedé mirándolo. Era idéntico al que tenía mi padre. No había

96

visto un peine igual desde hacía muchos años. Tan pequeño, y de un tipo de plástico que se podía doblar por la mitad y partirlo si uno quería. Llamé a la puerta de William, que me abrió diciendo: «Caray». En su habitación también hacía frío. Había encendido la televisión. Quitó el volumen cuando entré. Me senté en el borde de la cama y vi un anuncio de La Historia del Coleccionismo de Botones, en el que aparecían tres cuencos de cerámica llenos de botones surtidos, encima de un tapete de ganchillo, sobre una mesa de madera; y a este anuncio le siguió uno de Ayuda para el Alzheimer.

—Cuéntame los planes para mañana —le pedí.

Desayunaríamos de camino, luego iríamos a Houlton y pasaríamos por delante de la casa de Lois Bubar. Solo para verla. Vivía en el 14 de Pleasant Street. Luego podíamos ir a Fort Fairfield, porque fue allí donde a Lois la coronaron como Miss Flor de la Patata en 1961, y William tenía una foto que había encontrado *online*, de cuando la pasearon por las calles del pueblo. Miré la foto en el iPad, pero era antigua y no distinguí si la chica (muy joven) se parecía o no a Catherine. Sí se veía que era guapa. Iba en una carroza decorada con ingentes cantidades de papel pinocho, por las calles abarrotadas de gente y de coches. Había también algunos autobuses.

—Después, si tenemos tiempo, me gustaría ir a Presque Isle, porque el marido de Lois Bubar es de allí. Podríamos echar un vistazo rápido.

—Vale. Pero ¿por qué?

—Para verlo todo —contestó.

—Vale.

—Entonces, por la mañana vamos a Houlton por la autopista, y a ver qué pasa —añadió William. Me pareció mayor. Estaba encorvado, al lado de la cama, y no tenía brillo en la mirada—. Buenas noches, Lucy —dijo, cuando me levanté para marcharme.

Me volví para preguntarle:

—¿Cómo van tus terrores nocturnos, William?

—Han desaparecido —dijo, extendiendo una mano. Y añadió—: Se han interrumpido porque mi vida ha empeorado.

—Lo entiendo. Buenas noches.

Llamé a recepción para pedir una manta, y tardaron tres cuartos de hora en traérmela.

Esa noche soñé con Robbie, de Park Avenue. En el sueño estaba nervioso. Luego me desperté para ir al cuarto de baño y, de vuelta en la cama, pensé en él.

Cuando dejé a William, hace ya muchos años, tuve una especie de aventura (no con el escritor de California; esta otra fue después) con un hombre al que entre amigas yo llamaba Robbie, de Park Avenue. Lo conocí en una clase de la New School, cuando decidí estudiar la Segunda Guerra Mundial para ver si así entendía mejor a mi padre y aprendía algo de la batalla de las Ardenas y también del bosque de Hürtgen, porque mi padre había estado en los dos sitios cuando combatió y desde entonces era un hombre angustiado, como ya he dicho. Mi padre murió el año que hice ese curso.

Primero saludé a Robbie de Park Avenue en el ascensor y después me di cuenta de que tenía algo —cierta expresión— que me recordaba a mi padre. Tenía años de sobra para ser mi padre, aunque mi padre era mayor que él. Pero Robbie de Park Avenue vestía muy bien. Era alto y llevaba un abrigo largo, azul marino.

La primera vez que fui a su casa, en Park Avenue, me sorprendió lo poco vivida que parecía, y es que, en parte, Robbie no residía allí. Había estado casado dos veces y su última mujer lo había dejado hacía poco por un bombero: que hubiera sido por un bombero era lo que Robbie, al parecer, no podía superar. «Un bombero —decía, a veces riéndose y a veces moviendo la cabeza con incredulidad—. Un puñetero bombero —decía del amigo de su ex—. Supongo que estaba harta de mí».

Nos acostamos, y Robbie fue muy agradable, pero de buenas a primeras, va y se pone a gritar: «¡Voy a disparar, mami! ¡Voy a disparar, mami!», y me asusté hasta un extremo casi irracional. Tuve que tomarme dos tranquilizantes que llevaba en el bolso, y luego me quedé dormida a su lado y pasé toda la noche con la cabeza muy cerca de su pecho.

Robbie decía lo mismo cada vez que nos acostábamos.

Estuvimos tres meses juntos; nos veíamos los sábados por la noche.

William llamó a mi puerta por la mañana. Llevaba los pantalones chinos demasiado cortos, y tuve la misma reacción que cuando nos vimos en el aeropuerto el día anterior, aunque no tan intensa, porque había pasado mala noche y estaba cansada.

Me contó a bocajarro —en la puerta de la habitación— que esa noche, al meterse en la cama, le vino un recuerdo muy intenso de Becka en sus brazos, cuando la niña tenía alrededor de un año.

—Con la carita sudada... ¿Te acuerdas de cómo sudaba?... Y la cabeza apoyada en mi cuello. Guau, Lucy. —Me miró, y sentí una oleada de amor al ver el dolor que le producía acordarse de nuestra hija cuando era pequeña.

—Ay, Pillie. Te entiendo. A veces yo también tengo recuerdos así de fuertes.

Me miró, y vi que en realidad no me veía.

—¿Has dormido algo? —le pregunté.

—Sí. ¿No es de locos? —Se le movió el bigote al sonreír—. He dormido como un bebé.

No me preguntó qué tal había dormido y no se lo dije.

Arrastramos nuestras pequeñas maletas hasta el local de alquiler de coches y subimos al nuestro. Hacía sol, pero no demasiado calor. Parecía que los aparcamientos vacíos no terminaban nunca. Al salir del aeropuerto pasamos al lado de dos carteles, uno encima del otro: arriba, SEQUEL CARE; y abajo, VISITING ANGEL. El de abajo era el más grande, y en él aparecía un ángel con las alas extendidas, amarillo y violeta.

—Aquí la gente es mayor —dijo William—. Es el estado con la población blanca más envejecida de la Unión.

En la autopista casi no se veían coches. La hierba empezaba a invadir el asfalto desde la cuneta. Había una señal de límite de velocidad a ciento veinte kilómetros por hora. Vi por la ventanilla la copa de un árbol con las hojas de un color rojo anaranjado, el cambiante color amarillo de las hojas a lo largo del camino y otro arbolito rojo como el fuego entre los árboles que bordeaban la carretera. La hierba de la cuneta estaba como lavada con lejía. Todo tenía un aire muy de agosto, por la falta de verde. Al fondo había árboles altos.

Y entonces recordé:

A lo largo de mi matrimonio con William había tenido la imagen —incluso cuando vivía Catherine y aún más cuando ya había muerto—, había tenido con frecuencia una imagen de William y mía como Hansel y Gretel: dos niños perdidos en el bosque que buscaban las migas de pan para volver a casa.

Puede parecer que esto contradice la afirmación de que mi única sensación de hogar la tuve con William, pero ambas cosas son ciertas y curiosamente no se contradicen. No sé por qué, pero es verdad. Supongo que porque estar con Hansel —aunque estuviéramos perdidos en el bosque— me daba seguridad.

Poco a poco fui tomando conciencia de una sensación familiar que tenía ya desde la noche anterior, cuando el aeropuerto me pareció tan surrealista, casi como si no fuera un aeropuerto. Tomé conciencia de esto:

Tenía miedo.

Los árboles resultaban cada vez más desaliñados, y después había una franja larga de pinos frondosos. Al cabo de un rato vi a la izquierda un campo de abedules flacos. Por lo demás, la amplia carretera era infinita. No había carteles por ninguna parte. Y tampoco circulaban más coches; solo uno o dos que nos adelantaron.

Ya he dicho antes que me asusto con mucha facilidad, y, mientras íbamos por aquella autopista casi desierta, pensé: ¡Ojalá no hubiera venido!

Me dan miedo las cosas que no son familiares. Llevaba muchos años viviendo en Nueva York, y aquello para mí era lo normal: mi casa, mis amigos, el portero, los autobuses que resoplan en las paradas, mis hijas... Todo eso es familiar. Pero aquella carretera no lo era, y me asustaba.

Me asustaba mucho.

No podía decírselo a William, porque de pronto tenía la sensación de no conocerlo lo suficiente para confesarle que estaba asustada.

Mamá, grité por dentro. ¡Mamá, tengo mucho miedo!

Y la madre buena que me había inventado a lo largo de los años me contestó: Sí. Ya lo sé.

Seguimos adelante. William iba callado, sin apartar la vista de la carretera interminable. Por fin me miró.

—¿Te parece bien si paramos a desayunar ya?

Asentí. Cogió la siguiente salida. Yo ya no miraba por la ventanilla.

En el aparcamiento, justo al lado de la puerta del local, pasamos por delante de un coche lleno de basura. Todo, menos el asiento del conductor, estaba lleno de basura. De porquería. No es que crecieran plantas dentro, pero la porquería llegaba hasta el techo del viejo sedán: periódicos, envolturas antiguas de papel de cera y cajas de cartón pequeñas, como de comida. En la placa de la matrícula se veía una V grande, y también se especificaba: VETERANO.

—William —murmuré.
—¿Qué?
—¿Has visto eso?
—Como para no verlo —dijo, mientras abría la puerta y entraba en el restaurante delante de mí.
Pero lo dijo con una frialdad —eso me pareció— que acrecentó mi pánico.

¡Ay, qué pánico!

Quien no lo haya experimentado no lo puede saber.

Había unas diez personas en el local. Por dentro era como una cabaña grande —quiero decir que las paredes estaban hechas con troncos— y las camareras eran muy guapas. Una joven, con los labios muy rojos, nos llevó a una mesa de asiento corrido. Era bajita, casi regordeta, y nos saludó con mucha alegría. William miró la carta, pero yo no tenía hambre y, cuando volvió la camarera, pedí un huevo revuelto y William pidió huevos con estofado.

A nuestra derecha había un hombre sin un solo diente, sentado con otros dos, diciendo que necesitaba un pasaporte.

—William.

Me miró.

—¿Qué pasa?

—Tengo pánico.

Y vi —tuve la sensación de verlo— que el ánimo de William flaqueaba.

—Ay, Lucy, ¿por qué narices tienes pánico?

—No lo sé.

—¿Todavía te pones así?

—Hacía tiempo que no me pasaba —expliqué—. Ni siquiera... —iba a decir: ni siquiera cuando murió mi marido; ese dolor es distinto del pánico. Pero no lo dije.

Juro que casi vi a William poner los ojos en blanco.

—¿Qué quieres que haga? —preguntó. Y en ese momento sentí que lo odiaba.

—Nada —dije.

Y entonces aventuró:

—A lo mejor esto te recuerda a tu infancia.

—No me recuerda a mi infancia. ¿Has visto por aquí algún campo de soja?

Pero entonces caí en que tenía razón. Hasta que paramos a desayunar en aquel bar no habíamos visto prácticamente a nadie, y el aislamiento me daba pánico.

—Bueno, Lucy. —Se apoyó en el respaldo del asiento—. No sé qué hacer por ti. Ya sabes que mi mujer me abandonó hace solo siete semanas.

—Y mi marido ha muerto —le recordé, mientras pensaba: ¿Esto es una competición?

—Ya lo sé. Pero no sé qué hacer con tu pánico. Nunca he sabido qué hacer con tu pánico.

—Bueno, podrías abrirme la puerta, en vez de entrar primero. Y también podrías ponerte unos pantalones un poco más largos. Esos chinos te quedan cortos, y me deprime un montón. Jo, William, pareces un *tontolaba*.

Se reclinó, con una cara de sorpresa mayúscula.

—¿En serio? ¿Estás segura? —Se deslizó por el asiento y se levantó—. ¿De verdad? —Me miró desde las alturas.

—¡Sí! —afirmé, y se le movió el bigote.

Volvió a sentarse delante de mí, echó la cabeza hacia atrás y soltó una de esas carcajadas suyas —auténtica— que yo llevaba años sin oír.

Y se me quitó el pánico.

—Hay que fastidiarse —dijo—. Lucy Barton protestando porque a alguien le quedan cortos los pantalones.

—Pues sí, a ti. Te quedan ridículos.

Seguía riéndose.

—¿Y soy un tontolaba? ¿Quién dice esa palabra hoy?

—Yo —contesté, y volvió a reírse.

—Acabo de comprarme estos pantalones. Ya sospechaba yo que a lo mejor eran demasiado cortos.

—Lo son. Son demasiado cortos.

—Me los probé sin los zapatos.

—Déjalo ya —dije—. Pero mejor que los regales.

Y la risa de William me puso contenta. A partir de ese momento todo fue bien.

La camarera nos trajo unos platos increíbles. En el de William había un montón de estofado con dos huevos fritos encima, además de patatas y tres rebanadas de pan bien gruesas. En el mío había una buena cantidad de huevos revueltos, con beicon grasiento y otras tres rebanadas de pan enormes.

—¡Madre mía! —exclamé, a la vez que William decía: «¡Caray!».

—Bueno, oye. ¿Qué hacemos con Lois Bubar? —preguntó. Se puso a revolver el amasijo rojo del plato y luego se llevó el tenedor a la boca.

—Ya se nos ocurrirá algo cuando lleguemos.

Hablamos de Lois, de que había sido Miss Flor de la Patata, y de si sabría que su madre la había abandonado. William creía que sí. Yo no estaba tan segura.

—Sí. ¿Quién sabe, quién sabe? —contestó. Pero después negó con la cabeza y dijo—: ¡Ay!

Cuando terminamos, la camarera se acercó a decirnos que podía ponernos la comida que había sobrado en una caja para que nos la lleváramos.

—No hace falta —dijo William—. Creo que no queremos más.

—¿Está seguro? —La camarera parecía sorprendida, y apretó los labios pintados de rojo.

—Sí —asintió William. Y entonces la chica dijo que nos traería la cuenta—. A lo mejor es de mi familia —especuló, y no lo decía en broma.

—Puede.

Cuando salíamos del local, William abrió la puerta y me cedió el paso con un ademán exagerado.

Cruzamos en coche el pueblo en el que estaba el bar y pasamos por delante de un cartel que decía LIBBY'S COLOR BOUTIQUE: ALFOMBRAS, LAMINADOS Y SUELOS DE VINILO. CERRADO. A la salida del pueblo vimos banderas nacionales en muchos postes de teléfono: una fila de ellas, y, entre medias, de vez en cuando, la bandera negra de los prisioneros de guerra. Tardamos un buen rato en encontrar la entrada de la autopista. Estuvimos dando vueltas por carreteras sinuosas, y en un tramo, en la cuneta, vimos espadaña, varas de oro y una hierba que parecía seca, con la punta casi rosa y el tallo marrón. No había más coches y tampoco se veía gente, a pleno día, un miércoles de finales de agosto. Pero había montones de casas prácticamente en ruinas, y montones de estrellas al lado de las casas de los veteranos: estrellas de oro para los que habían muerto.

Vimos carteles que decían: REZA POR AMÉRICA. Y cabañas del Campamento de la United Bible.

Junto a una nave vieja y con pinta de llevar muchos años cerrada había un montón de coches oxidados, aparcados a unos metros de la carretera.

—Si fuera un hombre y quisiera matar a una chica y librarme del cadáver, la tiraría aquí. Por Dios santo... —dije.

William me miró. Se le movió el bigote al sonreír, y me puso un momento la mano en la rodilla.

—Ay, Lucy.

Pero nada más decir esto —lo de si fuera un hombre y quisiera librarme del cadáver de una chica— caí en la cuenta de una cosa:

De que yendo por aquella carretera y viendo las casas abandonadas y la hierba que crecía en la cuneta y ni un alma alrededor, casi tenía el recuerdo de ir con mi padre, en la camioneta, cuando era muy pequeña, sentada en el asiento del pasajero, con la ventanilla abierta y el pelo al viento, los dos solos... ¿Adónde íbamos? Pero no era un recuerdo triste de mi infancia. Al revés: algo me emocionó, muy muy dentro, y casi llegué a sentir —¿cómo expresarlo?— una sensación casi de libertad, yendo en la camioneta de mi padre, una Chevy vieja y roja. Y en ese momento, al lado de William, casi me entraron ganas de decir, abarcándolo todo con la mano: Esta es mi gente. Pero no lo era. Nunca he tenido la sensación de formar parte de ningún grupo de gente. Y, sin embargo, hacía un instante, en aquel rincón de Maine, acababa de tener una especie de revelación —creo que es la única forma de decirlo— de aquella gente en sus casas, en las pocas que veíamos. Fue una cosa extraña pero real: por unos segundos tuve la sensación de que entendía dónde estaba. Y también de que quería a esas personas a las que no veía, las que vivían en aquellas pocas casas y aparcaban sus camionetas en la puerta. Esto es lo que casi sentí. Esto es lo que sentí.

Pero no se lo dije a William, que era de Newton, Massachusetts, no de un pueblo tan pobre como Amgash, en Illinois, y que vivía en Nueva York desde hacía tantos años. Yo también llevaba años viviendo en Nueva York, pero William más que vivir en la ciudad la habitaba —con sus trajes a medida—, mientras que yo tenía la sensación de no haberla habitado nunca como él. Porque así era.

Entonces me acordé de una mujer a la que conocí en una fiesta. Era la primera y única fiesta a la que acudía tras la muerte de David, y me esperaba que fuese horrible. Pero había una mujer, como diez años más joven que yo —diría que tenía unos cincuenta y tres o por ahí—, y me contó que había entrado en un sitio online que se llamaba Soloquierohablar.com, y que le había cambiado la vida. Me lo contó con una mirada llena de sinceridad. Tenía una manchita de maquillaje en el rabillo del ojo, y yo quería decírselo, aunque jamás me habría atrevido, y luego ya se me quitaron las ganas de decírselo y simplemente la escuché, fascinada. Acababa de volver de un viaje a Chicago, donde había quedado con un hombre en el hotel Drake —explicó que era la tercera vez que quedaban—. Solo para hablar. Eso hacían.

Le pregunté si no le daba miedo conocer a un hombre a su edad, y me dijo que al principio sí, pero que al verlo (me puso una mano en el brazo) pensó: «Qué solo está». Y añadió: «Y yo también lo estaba». Y me contó que se turnaban para hablar. Me contó que necesitaba hablar de su suegra —que había muerto hacía unos años—, porque seguía con la sensación de «tener cuentas pendientes con ella», y que aquel hombre, que se llamaba Nick, quería hablar de su hijo, que nunca estuvo bien, y de su mujer, que estaba harta de hablar de ello, y él hablaba de su hijo cuando le tocaba hablar. «Y nos escuchábamos el uno al otro», explicó. Bebió un sorbito de agua con gas —me fijé en que no probó el vino—, asintió y siguió asintiendo un buen rato. «Ni siquiera sé si de verdad se llama Nick», añadió.

Le pregunté si creía que podría enamorarse de él.

Bebió otro sorbito de agua con gas.

—Es curioso que me preguntes eso, porque la primera vez que lo vi, pensé: ¡Por favor! ¡Nunca podría gustarme! Y eso era algo bueno, claro. Pero es raro, ¿sabes? Porque después de la última vez que nos vimos he pensado mucho en él, y es posible que me haya entrado esa cosilla de...

—¡Hola! —Una mujer más joven le echó entonces los brazos al cuello.

Y la mujer que estaba hablando conmigo levantó el vaso de agua con gas y exclamó: «Pero bueno: ¡eres tú!». Y ya no volví a verla.

Lo que quiero decir con esto es que la gente está muy sola. Mucha gente no es capaz de decir lo que les gustaría decir a quienes conoce bien.

Llegamos a Houlton alrededor de mediodía. El sol daba de pleno en los grandes edificios de ladrillo: un juzgado y una oficina de correos. En la calle principal había algunas tiendas —una de muebles y una de ropa— y la recorrimos despacio, hasta que vimos un cartel que indicaba: PLEASANT STREET. Y grité:

—¡William, estamos en Pleasant Street!

Miré por la ventanilla y vi que las casas eran pequeñas, de madera. Pasamos por delante de dos blancas y llegamos al número 14, que era la más bonita de la manzana. No era pequeña: tenía tres pisos y estaba recién pintada, de azul oscuro, con una cenefa roja, y delante tenía un jardincito y también una hamaca. William la miró mientras pasaba de largo, sin parar hasta la siguiente manzana.

—Lucy —dijo.

—Ya lo sé —asentí.

Nos quedamos un rato callados, con el sol en el parabrisas, y miré alrededor y vi que estábamos justo al lado de una biblioteca.

—Vamos a la biblioteca —propuse.

—¿A la biblioteca?

—Sí.

En la biblioteca vimos una escalera de caracol que subía y un mostrador de préstamos. Había dos personas en la sala de lectura: una chica y un anciano, los dos leyendo la prensa. Era un sitio muy agradable, como tiene que ser la biblioteca de un pueblo. La bibliotecaria nos miró. Tendría cincuenta y tantos años, el pelo casi sin color, y con eso quiero decir que era castaño muy claro —seguramente había sido rubia de joven— y los ojos ni grandes ni pequeños. Lo que digo es que tenía una pinta muy neutra pero era amable y se dirigió a nosotros casi en el acto.

—¿En qué puedo ayudarlos? —Quizá supiera que no éramos del pueblo.

—Hemos venido de visita, porque el padre de mi marido fue prisionero de guerra alemán y estuvo aquí trabajando en los campos de patatas. ¿Tiene algo sobre eso? —pregunté.

Nos miró, salió de detrás del mostrador y asintió.

—Sí, tenemos algo.

Nos llevó a un rincón de la sala principal, dedicado a la experiencia de los prisioneros de guerra alemanes, y vi la cara de emoción que ponía William. Había trabajos artísticos en la pared: pinturas de algunos prisioneros de guerra alemanes. Y revistas antiguas abiertas por artículos que hablaban de los prisioneros, y también un libro fino.

—Soy Phyllis —se presentó la mujer, y William le estrechó la mano, cosa que me pareció que a ella la sorprendía.

La bibliotecaria le preguntó su nombre —William se lo dijo— y después se volvió hacia mí y me preguntó el mío.

—Lucy Barton —murmuré.

—Bueno, echen un vistazo —nos ofreció, y acercó dos butacas para que nos sentáramos. Le dimos las gracias.

Había una estantería con fotos antiguas y me puse a examinarlas.

—¡William! ¡Aquí está!

En la fotografía figuraban los nombres de cuatro hombres arrodillados en la tierra. Uno sonreía; los demás no. Wilhelm Gerhardt estaba en un extremo del grupo. No sonreía. No llevaba la gorra recta y miraba a la cámara, muy serio, como dicien-

112

do: Vete a la mierda. Eso me pareció. William cogió la foto para examinarla atentamente. Lo observé unos momentos y aparté la vista.

Cuando volví a mirarlo, William seguía atento a la foto. Por fin me miró.

—Es él, Lucy —y añadió, en voz más baja—: Es mi padre.

Me fijé de nuevo en la foto y —una vez más— me sorprendió la expresión del padre de William. Todos estaban delgados, y él tenía las cejas y los ojos oscuros y un aire de leve desprecio.

Phyllis seguía detrás de nosotros.

—Estamos muy orgullosos de cómo los trataron cuando estuvieron aquí. Miren esto...

Y nos enseñó, en un libro, copias de algunas cartas que los prisioneros de guerra enviaron a los agricultores para los que habían trabajado cuando volvieron a Alemania. Vi que en todas pedían comida.

—Un agricultor envió montones de provisiones —nos contó Phyllis. Pasó varias páginas del delgado libro para enseñarnos la foto de un agricultor que cargaba cajas de gran tamaño en una cinta transportadora. Su nombre no era Trask. Y yo tampoco lo esperaba—. Tómense el tiempo que quieran —dijo. Y volvió a su puesto detrás del mostrador.

William me dio un codazo y señaló una línea de la contraportada del librito que estaba hojeando. Un prisionero de guerra contaba que la mañana del cumpleaños de Hitler, el 20 de abril, cosieron esvásticas con tela roja y las colgaron en los barracones. Después, en una de las cartas escritas tras la guerra, se contaba que los prisioneros no habían recibido suficiente comida durante algún tiempo. Y me acordé de que Catherine hacía dónuts para ellos. Estuvimos alrededor de una hora hojeando los materiales, hasta que volvió Phyllis.

—Mi marido está jubilado, y se ha ofrecido a llevarlos a los barracones... Bueno, a lo que queda de ellos... Si quieren ustedes ver dónde estaban. Se encuentran al lado del aeropuerto.

A William se le iluminó la cara de alegría.

—Sería estupendo —dijo.

Phyllis envió un mensaje de texto.

—Llegará en diez minutos —anunció.

Así que recogimos los bártulos y volvimos al mostrador. En el mostrador vi una pila de libros míos.

—¿Nos firmaría estos ejemplares para la biblioteca? —me pidió Phyllis.

Le contesté que sí, naturalmente, aunque me sorprendió que me hubiera reconocido (como ya he dicho, soy invisible), y los firmé.

El marido de Phyllis se llamaba Ralph y era tan agradable como ella. Tenía el mismo pelo sin color de quien ha sido rubio y llevaba pantalones chinos —sin enseñar los calcetines— con una camiseta roja. Fuimos al aeropuerto en su jeep. En el camino habló principalmente con William, que iba delante; yo iba detrás. Hacía sol y tardamos unos quince minutos en llegar, y Ralph nos enseñó la torre que seguía en pie, una torre de vigilancia, no muy alta, y después se metió por una pista de tierra y dejó el coche un rato al ralentí para enseñarnos los restos de los barracones, donde en algún momento llegaron a vivir más de mil prisioneros de guerra. Solo quedaba una esquina de hormigón.

Entonces me ocurrió algo raro. No estoy segura de cómo contarlo para que resulte creíble, así que voy a limitarme a describir lo que pasó:

Miré los restos de hormigón, cubiertos de hojas verdes; la luz del sol les arrancaba destellos y, de repente, noté una especie de sacudida en la cabeza, y todo lo que decía Ralph yo ya lo sabía. O sea, que antes de que la palabra saliera de sus labios, yo ya sabía lo que iba a decir. No era nada importante: nos habló de la construcción del campamento y del tipo de aislamiento que emplearon. Pero en mi cabeza oía la voz de una mujer que me había contado exactamente lo que Ralph nos estaba contando. Me quedé de piedra. Pensé: ¿Será un *déjà vu*? Pero sabía que no era eso. Duraba más. Fue un momento muy extraño, o muchos momentos.

Cuando Ralph nos dejó en nuestro coche, nos estrechamos la mano, y William y yo le dimos las gracias y luego subimos al coche y le conté a William lo que me había pasado, y él se quedó un rato mirándome, observándome.

—No lo entiendo —dijo.

—Yo tampoco.

—Pero ¿era como una visión? —me preguntó.

He tenido algunas visiones en el pasado (mi madre también las tenía), y hasta William, que es científico, lo sabía y me creía.

—No —contesté—. Solo ha sido eso —y añadí—: Era como si, por un momento, me hubiera deslizado entre dos universos. Solo que duró más de un momento.

Movió la cabeza con asombro mientras asimilaba mi descripción.

—Vale, Lucy —asintió. Y arrancó el coche.

Las visiones de mi madre:

A una clienta suya —mi madre hacía arreglos y transformaciones de costura— iban a operarla de la vesícula biliar, y la noche antes de que ingresara en el hospital mi madre soñó que la mujer tenía cáncer. A la mañana siguiente la vi llorando al lado de la lavadora y le pregunté: «¿Qué pasa?», y me contestó que la mujer estaba «plagada». Y lo estaba. Y murió diez semanas después.

Un vecino del pueblo se quitó la vida, y mi madre lo predijo varias semanas antes. «Lo he visto», dijo un día. Y poco después ocurrió. Se pegó un tiro en un campo. Era el diácono de la iglesia congregacionalista, un buen hombre que me sonreía cuando íbamos a comer gratis el Día de Acción de Gracias.

Desapareció un niño cuando yo era muy pequeña, y mi madre dijo que se había caído en un pozo. Decía que lo había visto en una visión. Mi padre le dijo que se lo contara a la policía, y ella contestó: «¿Estás loco? ¡Pensarán que estoy loca! ¿Nos conviene eso? ¿Nos conviene que la gente del pueblo piense eso?». Poco después encontraron al niño en el pozo y no hizo falta que ella dijera nada. Solo que nosotros ya lo sabíamos. El niño sobrevivió.

Cuando nació Chrissy recibí una carta de mi madre —no le había dicho que estaba embarazada—, en la que me decía: Tienes una niña. Te he visto con un bebé en brazos, envuelto en una toquilla, y he sabido que era una niña.

Siempre acepté estas cosas de mi madre.

Mis visiones muchas veces no se hacían realidad, y por tanto no les daba importancia. (Aunque también había soñado con las aventuras de William, si es que eso puede considerarse una visión, y yo creo que no lo era). Pero pasó una cosa:

Hace años, daba clases en una facultad de Manhattan y tenía una buena amiga que también daba clases allí. Y una vez fui a verla a su casa de campo en Long Island y me dejé el reloj; era barato, no valía nada, y ni me acordé de él ni se lo pedí a mi amiga. Pero un día, muchos meses después, cuando entraba en el metro, vi el reloj en mi casillero de la facultad —los casilleros eran abiertos, de madera—, y cuando llegué, allí estaba, tal como me lo había imaginado, encima del correo. Esa fue la visión más rara que he tenido, porque no significaba nada para mí. Pero allí estaba.

Intentamos comer en Houlton, pero el único sitio que había cerraba a las dos y media y eran las dos y treinta y cinco.

—Lo siento —nos dijo la mujer en la puerta, y echó el cerrojo por dentro.

—¿Hay algún otro sitio por aquí? —preguntó William a través del cristal, pero la mujer se fue corriendo—. Caray —protestó—. Vale, comeremos en Fort Fairfield.

El plan de William era ir a Fort Fairfield para ver las calles por las que Lois había desfilado en carroza, en su momento de esplendor como Miss Flor de la Patata —yo no entendía por qué esto era tan importante para William—, y luego pasar la noche en Presque Isle, una ciudad a unos sesenta y cinco kilómetros de Houlton, pero solo a diecisiete de Fort Fairfield. «Me interesa porque el marido de Lois es de allí», dijo William sobre Presque Isle. Y mientras tanto pensaríamos qué hacer al día siguiente, cuando volviésemos a pasar por Houlton antes de coger el avión a Nueva York, que salía por la noche. O sea, qué hacer con la mujer que vivía en el 14 de Pleasant Street, con la hermanastra de William: Lois Bubar.

De camino a Fort Fairfield, de repente había mucho cielo, y esto me emocionó un poco, porque me crie rodeada de cielo. Este era una preciosidad, con sol, pero también con nubes muy bajas en algunas zonas, como una colcha, y el sol aparecía y desaparecía entre las nubes, iluminando los pastos verdes. Pasamos al lado de un campo de girasoles enorme, y también de campos de clavo, que se usaba como cultivo de cobertura para mejorar los nutrientes y se araba en primavera, como bien sabía yo desde que era una niña. Me resultó curiosa esa pequeña felicidad ante un escenario casi familiar, que el pánico del aislamiento que me había asaltado por la mañana se hubiera transformado en aquella sensación. Lo que quiero decir es que sentí felicidad. Y eso me trajo de nuevo el recuerdo de cuando iba con mi padre en su furgoneta, de pequeña.

Íbamos por la carretera —otra vez sin más coches a la vista—, cuando William dijo:

—Siento todas las tonterías que hice cuando estábamos casados, Lucy. —Miraba al frente, relajado, sujetando el volante por la parte de abajo.

—Da igual, William. Yo siento lo rara que me volví.

Asintió levemente y siguió atento a la carretera.

Hemos tenido esta conversación —casi idéntica— en varias ocasiones a lo largo de los años, no a menudo, aunque de vez en cuando nos pedíamos disculpas el uno al otro. Puede parecer extraño, pero no lo es para William y para mí. Forma parte del tejido de quienes somos.

Parecía muy oportuno decirlo en ese momento.

—Voy a escribir a las chicas —dije.

Y escribí, y las dos contestaron al instante. ¡Qué ganas de saberlo todo!, decía Becka.

Pasamos por delante de dos casitas con antenas de televisión por satélite. En el patio de una granja había cuatro camiones largos, que antes habían transportado cosas y que llevaban años sin moverse, que empezaban a verse invadidos por la hierba.

—Mi padre era de las Juventudes Hitlerianas —dijo William.

—Cuéntamelo de nuevo —le pedí, porque ya me lo había contado, hacía muchos años.

—La única vez que recuerdo que mi padre hablara de la guerra estábamos viendo algo en la televisión. ¿Cómo se llamaba ese programa sobre un campo de prisioneros de guerra alemanes? Se suponía que era gracioso.

No contesté, porque no tenía televisión de pequeña, y también porque ya me sabía la historia. William continuó:

—Y mi padre dijo: «Eso es una basura, William. No lo veas». Luego se volvió hacia mí y añadió: «Lo que pasó en Alemania está muy mal. No me avergüenzo de ser alemán, pero sí de lo que hizo mi país» —y William añadió, pensativo—: Debió de pensar que ya tenía edad suficiente para contármelo. Tendría unos doce. Y me dijo que había estado en las Juventudes Hitlerianas, que era obligatorio, que no le había dado demasiada importancia, y que también estuvo en Normandía, pero quería que yo supiera que había estado en las Juventudes Hitlerianas. Y me contó que creyó que iba a morir en aquella trinchera, en Francia, pero esos cuatro soldados estadounidenses no lo mataron, y siempre quiso encontrarlos para darles las gracias. Es decir, quería que supiera que no apoyaba lo que había hecho su país, al menos en el momento en que me lo contó. Y yo solo dije: «Vale, papá».

William movió la cabeza con pesar.

—Me habría gustado hablar más con él de esto.

—Ya lo sé —asentí—. A mí también me habría gustado que hubieras podido.

—Y Catherine Cole: nunca me contó nada de lo que él pensaba de la guerra, aparte de lo que tú has oído.

Eso también lo sabía, pero no dije nada.

La disculpa de William sobre nuestro matrimonio me hizo acordarme de esto:

Hace muchos años, cuando William me habló por primera vez de las aventuras que había tenido, había una mujer por la que sentía un cariño especial, aunque él decía que no estaba enamorado de ninguna; era su compañera de trabajo —no Joanne—, y yo pensé que podía llegar a dejarme por ella. Fuimos a Inglaterra los cuatro —es decir, William, las niñas y yo—, porque él creía que yo siempre había tenido ganas de ir, así que fuimos, pero yo me había enterado de lo de esa mujer poco antes del viaje, y también de lo de las otras. El caso es que aquella mujer era especial. Y una noche, en Londres, cuando las niñas se quedaron dormidas, me fui al baño a llorar, y William vino, y le dije: «¡Por favor, por favor, no te vayas!». Y me preguntó: «¿Por qué?». Y le dije —recuerdo perfectamente que estaba en el suelo, agarrada a la cortina de la ducha, y que entonces me agarré a sus pantalones—: «¡Porque eres William! ¡Eres William!».

Más adelante, cuando decidí dejarlo, William lloró, pero nunca dijo nada parecido. Dijo: «Me da miedo estar solo, Lucy». Nunca le oí decir: «Por favor, no te vayas, ¡porque eres Lucy!».

Después de irme, un día lo llamé y le dije: «¿De verdad tenemos que hacer esto?». Y contestó: «Solo si no puedes aportar algo distinto a nuestra relación».

Yo no podía aportar nada distinto. O sea, no se me ocurría nada distinto que aportar a la relación; eso quiero decir.

Sobre la autoridad:

Cuando daba clases de escritura —di clases muchos años—, hablaba de la autoridad. Les decía a los alumnos que lo más importante era la autoridad con la que se ponían delante de la página.

Y cuando vi la foto de Wilhelm Gerhardt en la biblioteca, pensé: Eso es autoridad. Y enseguida entendí por qué Catherine se enamoró de él. No solo por su atractivo, sino por lo que transmitía: haría lo que le ordenasen, pero nadie tendría nunca su alma. Me lo imaginaba tocando el piano y saliendo a continuación. Y, poco a poco, me di cuenta de esto: me había enamorado de William por su autoridad. Anhelamos la autoridad. Sí. Digan lo que digan, anhelamos esa sensación de autoridad. De creer que en presencia de determinada persona estamos a salvo.

Y a pesar de nuestras «dificultades», como yo había empezado a llamarlas, William nunca perdió esa autoridad. Incluso cuando nos imaginaba como Hansel y Gretel, perdidos en el bosque, a su lado siempre me sentía segura. ¿Qué tiene una persona para hacernos sentir así? Cuesta decirlo. Pero con William, incluso después de casarme con él, incluso cuando ya teníamos nuestras «dificultades», siempre me sentía así. Me acuerdo de que al poco de casarnos, cuando surgieron los primeros problemas (como ya he contado), le dije a una amiga: «Es como si fuera un pez y no parase de dar vueltas y de pronto me chocara con esta roca».

Pasamos al lado de un cartel que decía: BIENVE-NIDOS AL AMABLE FORT FAIRFIELD.

William se inclinó para mirar por el parabrisas.

—¡Caray!

—Sí. Madre mía.

Todo estaba cerrado. No pasaba un solo coche. Había un centro social —un edificio entero—, con un cartel de SE ALQUILA. Había un First National Bank con columnas y las puertas tapiadas con tablones. Todas las tiendas estaban tapiadas. Lo único que parecía abierto era una oficina de correos, al final de la calle principal. Un río discurría por detrás de la calle.

—¿Qué ha pasado, Lucy?

—No tengo la menor idea.

El sitio ponía los pelos de punta. Ni una cafetería, ni una tienda de ropa, ni una droguería: no había absolutamente nada abierto en el pueblo. Dimos media vuelta, recorrimos la calle en sentido contrario sin cruzarnos con un solo coche y salimos del pueblo.

—Este estado tiene problemas —observó William.

Vi que estaba impresionado. Yo también lo estaba.

—Me muero de hambre —dije. No se veía ni una gasolinera.

—Vamos a Presque Isle —propuso.

Pregunté a cuánto estábamos y dijo que a unos diecisiete kilómetros —pero no íbamos por la autopista—, y contesté que no creía que pudiera esperar tanto para comer.

—Estemos atentos y, si vemos algún sitio, paramos —propuso.

Al cabo de un rato le pregunté:

—¿Por qué tenías tanto interés en ver Fort Fairfield?

Y al principio no contestó; siguió mirando por el parabrisas y mordiéndose el bigote. Por fin dijo:

—Pensaba que cuando conociese a Lois Bubar podría contarle que habíamos pasado por Fort Fairfield, que queríamos ver dónde había sido Miss Flor de la Patata, para que viese que me intereso por ella sinceramente, para que se alegrara.

Ay, William, pensé.

Ay, William.

Y entonces dijo:

—Un momento. Richard Baxter era de Maine.

Cuando conocí a William, me habló del trabajo de Richard Baxter. Richard Baxter había sido un parasitólogo —especializado en enfermedades tropicales, como William—, que descubrió el modo de diagnosticar la enfermedad de Chagas; ya sabían cómo detectarla, pero cuando llegaba el diagnóstico la persona normalmente había muerto, y Baxter ideó el modo de acelerar el proceso. Descubrió —si lo he entendido bien— que en la sangre coagulada se veían los parásitos. William estaba investigando sobre la enfermedad de Chagas cuando nos conocimos en aquella facultad a las afueras de Chicago, y Baxter había descubierto cómo acelerar el diagnóstico unos diez años antes.

William aparcó, sacó el iPad, estuvo consultando unos minutos y dijo: «Vale». Cogió un desvío a la derecha y seguimos por otra carretera.

—Ese hombre fue un héroe sin reconocimiento. Salvó muchas vidas, Lucy.

—Ya lo sé. Me lo habías contado.

—Trabajó en la Universidad de New Hampshire, pero era de Maine. Me acabo de acordar.

Eché un vistazo a los campos por los que pasábamos, y en lo alto de una loma vi un carro, tirado por un caballo y conducido por un hombre con un sombrero grande.

—Mira eso —señalé.

—Es un amish —asintió William—. Vinieron de Pensilvania a cultivar la tierra. Lo he leído en alguna parte.

Poco después pasamos por una granja, y en el porche había dos criaturas: un niño, que también llevaba un sombrero grande, y una niña con un vestido largo y un gorrito en la cabeza. Nos saludaron con la mano enérgicamente. ¡Cuánta energía!

—Me pone enferma —dije, devolviéndoles el saludo.

—¿Por qué? Van a lo suyo.

—Es que lo suyo es una locura. Y obligan a los niños a vivir como ellos —al decir esto me acordé de mi infancia y de mi familia. Y de David, que venía de un entorno diferente pero de un aislamiento similar.

Poco antes —en Nueva York— había visto un documental sobre gente que había abandonado la comunidad jasídica. Lo hice por mi marido, que había muerto, y tuve que dejarlo a la mitad. Me hacía pensar demasiado en mí misma: no en el mundo que esas personas habían abandonado, un mundo que yo no conocía en absoluto, sino en cómo vivían después de abandonarlo. No sabían nada de la cultura popular, y esto le pasó a David cuando se alejó de la comunidad, y también me pasó a mí, y me sigue pasando, porque esas privaciones no se superan nunca.

—Quiero decir que no soporto que esos niños no tengan una oportunidad —expliqué, indicando con la mano la casa que acabábamos de dejar atrás.

William no contestó. Noté que no estaba pensando en los amish.

—Qué raro nacer aquí y terminar siendo especialista en enfermedades tropicales —observó al cabo de un rato.

Esperé que añadiese algo más, pero como no decía nada le pregunté:

—¿Cómo va tu trabajo, William?

Me miró.

—No va a ninguna parte. Estoy acabado.

—No, no estás acabado.

—Sí lo estoy.

No insistí. Nos quedamos un rato en silencio, por esa carretera que llevaba a Presque Isle.

—Por dios, necesito comer —dije, porque notaba algo raro en la cabeza. Estaba un poco ida, como me pasa cuando necesito comer.

—¿Y dónde sugieres que comamos? —preguntó William.

Era cierto que no había nada. Solo veíamos árboles y casi ninguna casa, y llevábamos así varios kilómetros.

Miré por la ventanilla el asfalto interminable y la hierba seca de la cuneta.

—¿Tienes celos de Richard Baxter? —pregunté. No tengo la menor idea de por qué hice esa pregunta.

William se volvió a mirarme bruscamente y se le fue un poco el volante.

—Caray, Lucy, qué cosas dices. No, no tengo celos de él —y después de un buen rato, añadió—: Pero ¿verdad que no has oído hablar del método diagnóstico de Gerhardt?

—William, has ayudado a muchísima gente. Has hecho un trabajo excelente sobre la esquistosomiasis y has enseñado a...

Levantó una mano para darme a entender que me callase. Así que me callé. Dejé de hablar.

De repente, William hizo un ruido que casi parecía una carcajada. Lo miré.

—¿Qué pasa?

Siguió mirando al frente, a la carretera.

—¿Te acuerdas de una vez que tú y yo dimos una fiesta? Bueno, en realidad no era una fiesta, porque tú nunca habrías sabido dar una fiesta, pero teníamos invitados a cenar, y mucho después de que se marcharan, mucho después, cuando ya me había ido a la cama, bajé y te encontré en el salón. —William volvió entonces la cabeza para mirarme—. Y vi... —repitió el mismo sonido brusco que parecía una carcajada y volvió a poner la vista al frente—. Te vi agachada, besando los tulipanes que estaban en la mesa. Los estabas besando, Lucy. Uno a uno. ¡Caray! Fue raro.

Miré por la ventanilla y noté que me ponía muy colorada.

—Eres muy extraña, Lucy —dijo entonces. Y ya está.

Todas las mañanas, después de lavar los platos del desayuno, David iba a sentarse en el sofá blanco, junto a la ventana, y daba una palmadita en el asiento a su lado. Siempre me sonreía cuando me sentaba con él. Y entonces decía —todas las mañanas decía lo mismo—: «Lucy B., Lucy B. ¿Cómo nos conocimos? Doy gracias a Dios de que estemos juntos».

Nunca, jamás se rio de mí. Nunca. Por nada.

De repente tuve un recuerdo visceral de lo horrible que a veces me resultaba el matrimonio los años que viví con William: una familiaridad tan densa que lo invadía todo; un conocimiento del otro tan profundo que casi te atragantaba; que te entraba prácticamente por las fosas nasales; el olor de los pensamientos del otro; la conciencia de cada palabra que se decía; el más leve movimiento de una ceja; una inclinación de la barbilla apenas perceptible; nadie más que el otro comprendería su significado. Pero viviendo así era imposible ser libre, nunca.

La intimidad se volvió siniestra.

Aún quedaba mucha luz cuando llegamos a Presque Isle. Los días eran largos en agosto y todavía no habían dado las cinco. Aquello al menos era un pueblo, aunque se veía muy poca gente. En la calle principal había un hombre sentado en un banco, poniendo sacarina en una botella de agua; después sacó un teléfono con tapa. Hacía años que no veía un teléfono con tapa.

—¿Por qué hemos venido? —le pregunté a William—. Repítemelo.

—Porque el marido de Lois Bubar es de aquí. ¿No me escuchas?

Y pensé: Ay, William. Caray, William. Eso pensé.

Casi no habíamos hablado en el coche, y sabía que William estaba de mal humor. Le molestó que le preguntara por su trabajo; esa impresión me dio. Y también lo había acusado de tener celos de Richard Baxter. Pero que William no hablase me hacía sentirme sola.

El centro de la ciudad me recordó a un pueblo del oeste, de los antiguos, con su hilera de edificios bajos a lo largo de la calle. Entramos en el aparcamiento de un hotel céntrico donde William había hecho una reserva. El vestíbulo también era pequeño, como el del hotel del aeropuerto, y el ascensor, que además de pequeño tardaba una eternidad en subir al tercer piso.

—Ahora nos vemos —dijo William, adelantándose con su maleta de ruedas. Su habitación era la siguiente a la mía, al otro lado del pasillo.

—Me muero de hambre —insistí.

—Pues vamos a comer —contestó, sin volverse.

La habitación era muy básica, pero en la mesa había una lámpara enorme y azul. No creo haber visto nunca una lámpara tan grande. La habitación estaba oscura, porque no le daba el sol de la tarde, así que encendí la lámpara. No funcionaba. Comprobé que estaba enchufada: lo estaba, pero no funcionaba. Por la ventana se veía la calle principal. El hombre seguía sentado en el banco, aunque había guardado el teléfono de tapa. No vi a nadie más. Me senté en la cama y me quedé mirando el vacío.

Cuando Catherine se estaba muriendo, pasé el verano con ella en Newton, Massachusetts, y con las niñas, que entonces tenían ocho y nueve años. Las apunté a un campamento de día y William venía a pasar los fines de semana. Las niñas enseguida hacían amigas, sobre todo Chrissy, y como las dos estaban muy unidas, como ya he dicho —aunque a veces se peleaban un montón—, las amigas de Chrissy también se hacían amigas de Becka.

A lo que voy es a que tenía el día libre para estar con Catherine, con Catherine Cole, como decía William cuando llamaba por teléfono —«¿Cómo está Catherine Cole?»—, y creo que Catherine y yo hacíamos buena pareja. Curiosamente (eso pensaba) yo no tenía miedo de la muerte, y cuando las amigas de Catherine dejaron de venir a verla —se le cayó el pelo y estaba muy delgada— casi siempre estábamos las dos solas, y Catherine contrató a una persona para que nos echara una mano con las niñas por la noche. Según lo recuerdo, salvo cuando nos enteramos de que estaba enferma —había venido a Nueva York para darnos la noticia, estaba temblando, y verla temblar de esa manera fue muy angustioso—, salvo en aquella ocasión, digo, no parecía demasiado asustada, y pasábamos mucho tiempo, casi todo, charlando tranquilamente. Ahora, cuando lo pienso, no estoy segura de que en ese momento me creyera que se iba a morir. Puede que ella tampoco se lo creyera. Le administraban el tratamiento una vez a la semana, y ya nos lo sabíamos todo: yo sabía que después del tratamiento teníamos una hora hasta que empezaba a encontrarse mal, así que nada más salir íbamos a una cafetería, a tomar unos bollos, y recuerdo a Catherine tomando su bollo con un café, pero la imagen que tengo de ella es la de verla llenarse la boca de bollo, casi a escondidas —aunque no estoy segura de que esta sea la expresión más exacta—, y después yo la llevaba a casa en el coche, para que pudiera acostarse antes de que le entraran las náuseas. Nunca vomitó; solo se sintió muy mal ese primer día.

Cuando llegaba William, los viernes por la noche, Catherine normalmente estaba dormida, y él se quedaba mirándola un rato y luego salía del dormitorio y no hablaba mucho, ni conmigo ni con las niñas, creo, en esa época. Así es como lo recuerdo.

Y que no hablase conmigo en el viaje a Presque Isle me hizo acordarme de ello.

Pero Catherine y yo teníamos nuestro propio ritmo, y como las niñas estaban fuera todo el día, podíamos hablar. Cuando empeoró, pasaba más tiempo acostada, y yo me sentaba en una butaca, al lado de la cama. No me costó cuidar de ella. No quisiera dar esa impresión: quería a Catherine, y cuando mis hijas volvían a casa por la noche sentía que estaba justo donde tenía que estar. «Que no se asusten —me dijo Catherine hacia el final, cuando trajeron el equipo médico a su dormitorio—. Déjalas que jueguen con él». Y en cierto modo eso hicieron, porque (creo) no veían a su abuela asustada, ni a mí tampoco, y se acostumbraron a las máquinas de oxígeno que trajeron a casa, y a las enfermeras que llegaron hacia el final.

El médico de Catherine me llamaba por teléfono a diario. Me encariñé con él, por la regularidad con que llamaba. «No va a ser agradable», me advirtió. Y contesté: «Entendido».

No sabía hasta qué punto iba a ser desagradable, pero esa parte no duró demasiado. Les dije a las niñas que la abuela estaba demasiado enferma en ese momento para que la viesen, y lo aceptaron. Su padre vino entonces a estar con ellas: estuvo allí todo el tiempo, las dos últimas semanas, y creo que las ayudó a mantenerse tranquilas. Aun así, los últimos días la situación se volvió horrorosa.

Un día William se llevó a las niñas —era fin de semana— a un museo de Boston, y fue desgarrador ver cómo Catherine se ponía cada vez más nerviosa. Ya no podía hablar con ella: estaba incómoda, y a pesar de la morfina —que rechazó hasta el último instante—, ese día yo la notaba muy inquieta y angustiada. Entré a verla, y estaba tirando de las sábanas y hablando con voz ronca: no recuerdo qué decía (por desgracia), solo que no tenía mucho sentido, y vi que su malestar iba en aumento.

Y cometí un error. Mientras la observaba, le puse una mano en el brazo y le dije:

—Ay, Catherine. Ya falta poco. Te lo prometo.

Me miró, con la cara desencajada de ira, escupió —intentó escupir—, y me gritó:

—¡Fuera de aquí! —Levantó un brazo, un brazo desnudo que salía de la raja del camisón, y me gritó—: ¡Fuera de aquí, asquerosa! ¡Escoria!

Vi enseguida que había dicho una barbaridad: insinuarle que se estaba muriendo. Nunca se me ocurrió (entonces) que ella no lo supiera, a pesar de que yo (en parte) no lo sabía, aunque sí lo sabía en el momento del que estoy hablando. Y cuando me dijo aquello, salí al jardín, fui hasta el grifo que venía del sótano, a un lado de la casa, me senté en el suelo de guijarros y me eché a llorar. ¡Cómo lloré! Creo que lloré posiblemente como no lo había hecho nunca ni he vuelto a llorar desde entonces. Porque era joven, y nunca había visto eso, aunque me habían pasado muchas cosas...

Bueno, solo digo que lloré.

Y recuerdo que William llegó con las niñas y me vio al lado del grifo, y dejó a las niñas en casa, con la mujer que nos ayudaba, y volvió, y fue muy cariñoso conmigo, muy cariñoso, sin decir gran cosa.

Cuando entramos en casa, estuvo un rato en la habitación de su madre, y al salir me dijo: «Se acabaron las visitas para todos». Luego se sentó al escritorio y se puso a escribir. Estaba redactando el obituario de su madre. Siempre me acuerdo de eso. Catherine aún no había muerto y William estaba escribiendo su obituario, y no sé por qué —desde entonces—, siempre lo he admirado.

A lo mejor por esa autoridad a la que antes me refería.

No lo sé.

Llamé a la puerta de William y, cuando abrió, pasé a su lado y dije —nos decíamos esto a veces, desde que lo había dicho Chrissy cuando era muy pequeña—: «Oye, estás empezando a cabrearme».

Pero no sonrió.

—¿Sí? —contestó con frialdad.

—Sí. —Me senté en la cama—. ¿Qué problema tienes?

Bajó la vista al suelo y movió la cabeza despacio. Luego me miró.

—¿Qué problema? ¿Qué problema tengo?

—Sí. ¿Qué problema tienes?

Se sentó al otro lado de la cama y se volvió hacia mí.

—Te voy a contar mi problema, Lucy. Te dije que mi trabajo no iba bien; te lo dije cuando viniste a casa, cuando Estelle me dejó. Te lo dije entonces. Hoy me has preguntado en el coche y te lo he vuelto a decir. Pero tú no escuchas. Y después me sales con que si tengo celos de Richard Baxter. Y —levantó una mano— me has hecho sentir como una mierda. Y, francamente, de un tiempo a esta parte me siento así muy a menudo.

Nos quedamos mucho rato en silencio. William se levantó de la cama, fue hasta la ventana y volvió, con los brazos cruzados.

—¿Sabes? —dijo—. Te preocupa que el marido de Becka sea egocéntrico, que se interese solo por sí mismo, y tengo que decirte, Lucy, que es posible que a ti te pase lo mismo.

Oír esto me produjo un dolor físico, como si me hundieran un clavo diminuto en el pecho.

—Claro que tengo celos de Baxter —añadió—. No he hecho nada relevante, como él. —Volvió a la ventana—. Y venimos aquí, y estoy muerto de miedo porque no sé qué hacer con esa tal Lois Bubar, y tú tienes hambre..., siempre la tienes, Lucy; siempre tienes hambre, porque nunca comes nada..., y entonces todo se centra en que Lucy pueda comer algo. Y luego hablas de mi trabajo, me preguntas por mi trabajo, y al momento te pones a hablar de los amish y protestas porque son una secta. ¿A quién coño le importa que sean o no una secta?

Me quedé un rato sin decir nada, y luego me levanté y me fui a mi habitación.

Cuando dejé a William, justo antes de que se casara con Joanne y también después de casarse con ella, Chrissy adelgazó mucho. Quiero decir que se puso enferma. Fue a la misma facultad a la que habíamos ido William y yo. Y se puso enferma. Perdió peso, y fue William quien me llamó y me dijo: «Chrissy está muy flaca». Yo ya llevaba un tiempo pensándolo, incluso se lo había dicho a William, pero que lo dijera él me hizo tomar conciencia de repente. «Joanne también lo cree», añadió.

Estaba enferma.

Nuestra hija estaba enferma.

Chrissy no me hablaba mucho por aquel entonces. El día de Navidad vinieron los tres —William, Chrissy y Becka (sin Joanne)— a verme a casa. Y Becka, con los ojos llenos de lágrimas, me dijo: «No te aguanto». Se quedó parada, con los brazos tensos, como dando a entender que no la tocase. Y luego, cuando Chrissy entró en el baño, murmuró: «¡Mírala! Estás matando a mi hermana. —Dio media vuelta, volvió a mirarme y añadió—: *Estás matando a tu hija*».

William y yo fuimos a ver a una especialista en trastornos de la alimentación, y la consulta fue de lo más deprimente. Dijo que para alguien de la edad de Chrissy —veinte años— era mucho más difícil curarse, y luego, mientras intentábamos asimilar la información, explicó: «Es muy triste, porque está sufriendo. Esto solo se hace cuando uno está sufriendo».

Recuerdo que cuando salimos de la consulta, William y yo no estábamos enfadados el uno con el otro. Estábamos aturdidos, y echamos a andar por la calle sin saber adónde íbamos.

Siempre he odiado un poco a aquella terapeuta.

Pensé en esto sentada en una silla de mi oscura habitación de hotel, como petrificada. Pensé que

Chrissy estuvo muy enferma, y creo que en cierto modo entendí por primera vez —quiero decir que lo entendí plenamente, sin quitarle importancia— que la culpa era mía. Porque fui yo quien se marchó de casa.

No soy invisible, por más que tenga esa sensación.

Y entonces me acordé de que un día fui sola a la facultad para hablar con la decana, pensando que allí alguien podría ayudarnos. ¡Qué tonta fui! Porque la decana fue muy desagradable conmigo, fue de lo más desagradable, y me advirtió que cuando Chrissy llegara a cierto punto de la enfermedad tendrían que pedirle que dejara las clases: no podían —ni querían— hacer nada por ella. Y Chrissy apenas me dirigió la palabra mientras estuve allí. Se puso hecha una furia cuando se enteró de que había hablado con la decana. Muy despacio, casi apretando los dientes, me dijo: «No me puedo creer que hayas venido a hablar con la decana. No me puedo creer que hayas pisoteado así mi intimidad».

Quiero decir —o sea, tengo que decirlo si quiero contar la verdad— que en aquella época iba todos los días a una iglesia que había cerca del apartamento diminuto en que vivía, me ponía de rodillas y rezaba... Y cuando digo que rezaba quiero decir que me arrodillaba y esperaba hasta que sentía la presencia de algo, y entonces decía: Por favor, Dios, haz que se ponga bien. Por favor, por favor, por favor, haz que mi hija se ponga bien.

No negociaba, solamente pedía. Y siempre me disculpaba por pedir. (Sé que hay muchísima gente que está fatal y siento mucho pedir este favor personal, pero es lo más importante para mí: por favor, por favor, por favor, haz que mi hija se ponga bien).

Cuando era pequeña, íbamos a la iglesia congregacionalista del pueblo. Íbamos siempre en Acción de Gracias, a comer gratis. Mi padre odiaba a los católicos. Decía que arrodillarse era repugnante y que solo la gente mezquina hacía eso.

Chrissy mejoró, aunque le llevó algún tiempo. Encontró una terapeuta que la ayudó, no la que habíamos ido a ver William y yo, que era horrorosa.

Muchos años después, hablé con un amigo que había sido sacerdote episcopal, y me preguntó: «¿Por qué crees que a Chrissy no le ayudó que rezaras por ella?».

Y me quedé de piedra. Nunca se me había ocurrido.

Pero esa tarde, sentada en la silla, en la habitación del hotel, mientras me acordaba de estas cosas, pensé que lo que había dicho William era verdad. Era una egocéntrica. Y entonces me acordé de una vez que comí con Becka en Nueva York en aquella época —había venido de la universidad—, y de que cuando intentó decirme algo (sigo sin recordar qué intentaba decirme), la interrumpí y me puse a hablar de mi editora, porque tenía problemas con ella. Y Becka explotó: «¡Mamá! Estoy intentando decirte algo y tú solo sabes hablar de tu editora!». Y se echó a llorar.

Curiosamente, aquel día se me había aclarado algo, y volvió a aclararse en la habitación de aquel hotel de Maine, cada vez más oscura. Por un momento vi claro quién era en realidad: una persona que hacía esas cosas. Y nunca lo he olvidado.

Acababa de hacerle lo mismo a William. Intentó hablarme de Richard Baxter, de su trabajo —tenía toda la razón—, y no le hice ni caso.

Me quedé mucho tiempo en la habitación, con un dolor muy real en el pecho —quiero decir que era algo físico—, como si me cruzaran el pecho pequeñas oleadas de dolor y me atravesaran. Cuando oscureció definitivamente, encendí la lámpara del techo y pedí que me subieran una hamburguesa con queso.

Lo que pasó después fue lo que pasaba siempre cuando estábamos casados y nos peleábamos. El primero en sentirse solo cedía. Y William llamó a mi puerta, y le dejé entrar —se había duchado, aún tenía el pelo húmedo y se había puesto unos vaqueros y una camiseta azul marino; fue entonces cuando noté que tenía tripa—, y se quedó mirando la hamburguesa, como congelada en el plato.

—Ay, Lucy —dijo.

No dije nada.

No dije nada porque pensaba que William tenía razón. Estaba avergonzada como nunca en mi vida.

—Lucy, olvídalo. Vamos a comer algo.

Negué con la cabeza.

Entonces cogió el teléfono y llamó al servicio de habitaciones.

—Dos hamburguesas con queso para la habitación 302. —Era la suya—. Y dos ensaladas César. Y una copa de vino blanco. El que sea. Da igual. —Colgó y dijo—: Ven a mi habitación. Esta es tan deprimente que podrías suicidarte.

De manera que lo seguí a su habitación, que era más alegre. La lámpara de mesa funcionaba y tenía una ventana grande con vistas al cielo, donde empezaba a ponerse el sol.

—Bueno. —William se sentó en la cama, a mi lado—. Por lo menos no eres mala.

—¿Qué quieres decir? —pregunté por fin.

—Quiero decir que no eres mala persona. Mira lo malo que he sido yo, hablándote de aquella fiesta: no fue una cena sino una fiesta, Lucy. Lo hiciste muy bien. Y todo lo que te he dicho ha sido horrible. Incluido lo de que eres egocéntrica. No eres más egocéntrica que cualquiera.

—¡Sí lo soy, William! —estallé—. Decidí dejarte, y Chrissy se puso enferma... Y...

William, que parecía agotado, levantó la mano para que me callase, se la llevó luego al bigote, se puso de pie y me preguntó, despacio:

—¿Decidiste dejarme? —Me miró, y añadió, con un punto de vehemencia—: ¿Lo decidiste, Lucy? ¿Cuántas veces *de verdad* decide alguien algo? Dímelo. ¿De verdad *decidiste* dejar a la familia? No. Te estaba observando, y simplemente te largaste: como si no tuvieras más remedio. Y, ¿decidí yo tener esas aventuras? Sí, ya sé, ya sé: responsabilidad. Fui a terapia. Por si acaso crees que no: seguí viendo a esa mujer a la

140

que íbamos Joanne y yo; estuve yendo una temporada por mi cuenta, y me habló de la responsabilidad. Pero he pensado en eso, Lucy, he pensado mucho en eso, y me gustaría saber, me *encantaría* saber, ¿cuándo alguien decide algo *de verdad*? Dímelo tú.

Me quedé pensando.

—Creo que, en el mejor de los casos, solo decidimos algo de verdad una vez entre muchas —continuó William—. El resto del tiempo lo pasamos siguiendo algo: ni siquiera sé qué es lo que seguimos... Ni siquiera sabemos qué es, pero lo seguimos, Lucy. Así que no. No creo que tú decidieras irte.

—¿Quieres decir que no crees en el libre albedrío? —le pregunté al cabo de un momento.

Se llevó las manos a la cabeza.

—¡No me vengas con esas chorradas! —No paraba de dar vueltas, y se pasó las manos por el pelo blanco—. Hablar del libre albedrío es como... No sé... Como levantar una pieza enorme de una estructura de hierro. Estoy hablando de tomar decisiones. Conocí a un tipo que trabajaba en la administración de Obama, y su trabajo consistía en facilitar la toma de decisiones. Y me dijo que muy muy pocas veces se llegaba a tomar alguna decisión. Y me pareció muy interesante. Porque es cierto. Simplemente actuamos... Simplemente actuamos, Lucy.

No dije nada.

Estaba pensando en que el año antes de que dejara a William, casi todas las noches, mientras él estaba dormido, yo salía al jardincito de atrás y me preguntaba: ¿Qué hago? ¿Me voy o me quedo? A mí entonces me parecía una decisión. Pero al recordarlo en ese instante, me di cuenta también de que a lo largo de aquel año no hice nada por volver a mi matrimonio; quiero decir que ya me había ido. Aunque creyese que aún no había tomado una decisión.

Una amiga me dijo una vez: «Siempre que no sé qué hacer, me fijo en lo que estoy haciendo». Y lo que estaba haciendo yo ese año era irme, a pesar de que aún no me hubiera marchado.

Miré a William.

—Y tú no has decidido ser malo, William.

—La verdad es que no.

—¡Ya lo sé! —y añadí—: Yo en secreto soy muy mala: no te creerías los pensamientos tan malos que tengo.

William levantó una mano con desesperación:

—Lucy, todo el mundo es malo en secreto. ¡Por dios santo!

—¿Ah, sí?

Y entonces se rio un poco, aunque con buena intención.

—Sí, Lucy, la gente en secreto es mala. Normalmente piensa cosas malas. Creía que lo sabías. Tú eres la escritora. ¡Caray, Lucy!

—Bueno. De todos modos, tú nunca eres malo demasiado tiempo. Siempre pides disculpas.

—No siempre pido disculpas —replicó.

Y eso también era verdad.

Cuando nos trajeron la comida, caí en la cuenta de que la copa de vino la había pedido para mí —por supuesto—, y me alegré. Nos sentamos en dos sillas, delante de la mesa, y hablamos mucho: no podíamos parar de hablar. Primero hablamos de por qué habíamos ido a Presque Isle.

—¿Qué pensaba? —dijo William—. Pensaba que daríamos un paseo por un barrio y veríamos casas bonitas y también de dónde había salido el marido de Lois Bubar, pero ¿qué pensaba en realidad, Lucy? Aquí no hay ni un barrio. Esto es insoportable.

Hablamos de Bridget: parecía triste y compungida las pocas veces que había quedado con él después de que Estelle se marchara; no hablaba por los codos, como de costumbre, y William dijo que la situación era incómoda y que le daba pena, y a mí también me la daba. Hablamos de nuestras hijas y coincidimos en que les iría bien; ya les iba bien, pero cuando tienes hijos te preocupas por ellos toda la vida, y luego hablamos del trabajo de William.

—Todo en la vida tiene su ciclo —dijo—. También el trabajo. —Vi que de verdad creía que estaba acabado—. Pero seguiré yendo a ese laboratorio hasta el día en que me muera —prometió.

Y lo entendí.

Se levantó y propuso que viéramos las noticias. Encendió la tele y nos tumbamos en la cama. En el informativo local, el hijo de un policía había muerto de una sobredosis. Había habido un accidente de tráfico cerca de Jackman: un camión había volcado, pero el conductor no había muerto. A continuación dieron las noticias nacionales, y el país, el mundo entero, era un caos: y sin embargo, yo me sentía muy a gusto. William fue al baño y al volver se sentó en la cama y dijo:

—Lucy, a lo mejor deberíamos olvidarnos de este asunto de Lois Bubar. Soy mayor. Ella tiene aún más años que yo. Quiero decir que ¿para qué?

Me incorporé en la cama.

—Lo decidiremos mañana. Como tenemos que pasar por Houlton de vuelta a Bangor, ya lo veremos. Aunque entiendo lo que dices.

Echó un vistazo a la habitación y a la ventana, que ya se había vuelto oscura.

—Este sitio es un asco —protestó—. Qué raro se me hace pensar que Richard Baxter salió de aquí.

—Bueno, tu madre también era de aquí —le recordé.

—¡Caray! Es cierto —y luego, pasándose una mano por el pelo, dijo—: ¿Sabes, Lucy? Cuando era pequeño mi madre tuvo una depresión.

—Cuéntamelo. Ya sé que a veces decía que estaba «depre», pero lo hacía siempre con mucha alegría. —Apagué el televisor con el mando a distancia—. Me acuerdo de que una vez me contó que había tenido una depresión.

—Yo la odiaba cuando murió mi padre —confesó William.

Intenté recordar si yo ya sabía eso.

—Bueno, eras un adolescente.

William se tiró del bigote.

—En parte se me había olvidado, pero no la soportaba, Lucy. Cuando nos peleábamos, se ponía a gritar como una histérica.

—¿Por qué os peleabais?

—Ni idea. —Se encogió de hombros—. No por cosas normales. Es decir, no porque yo saliera todas las noches a emborracharme o a consumir drogas. No lo sé. Pero me hacía la vida imposible. ¡Me hacía la vida imposible!

—Estaba alterada porque su marido se había muerto —le recordé.

—Claro que estaba alterada. Eso ya lo sé. Solo digo que era muy exigente.

Me di la vuelta, me senté con las piernas por fuera del borde de la cama y miré a William.

—Me acuerdo de que me dijiste que por eso habías aceptado el puesto en Chicago: para alejarte de ella.

William volvió a sentarse en la silla, con la mirada perdida.

—Me pregunto dónde estaba ella cuando yo era pequeño —dijo al cabo de un rato.

—¿Qué quieres decir?

—Cuando yo era pequeño estaba deprimida. Ella decía que estaba «depre». Pero anoche, en el hotel de Bangor, me acordé de que me llevó a la guardería un año antes de lo habitual. ¿Por qué hizo eso?

—¿Era cuando te mordías la ropa? —recordé que Catherine me había contado que cuando William era pequeño volvía a casa con el cuello de la ropa mordido.

Me miró intensamente.

—Era cuando lloraba.

Esperé.

—Lloraba todos los días. Y todos eran un año mayores que yo. Me parecían enormes —se quedó callado y añadió—: Lloraba, Lucy. Y los niños, en el recreo, hacían un corro a mi alrededor y se ponían a cantar: «Llorica, llorica».

—Nunca me lo habías contado. —Estaba muy sorprendida. Me quedé mirando a William, con el pelo blanco, despeinado, y me resultó extrañamente familiar. No sé por qué digo extrañamente, pero esa fue la sensación que tuve—. Nunca me lo habías contado —repetí.

—Casi se me había olvidado. Aunque no. Nunca se lo he contado a nadie. Pero anoche me acordé, por eso me vino la imagen de tener a Becka en brazos cuando era muy pequeña. —Se inclinó hacia delante, con los codos apoyados en las rodillas—. El caso es que la profesora era muy buena. Me cogía en brazos y me llevaba a todas partes. La recuerdo haciendo eso, llevándome en brazos a todos lados.

Iba a decir algo, pero William levantó una mano para impedírmelo.

—Un día mis padres fueron a hablar con ella. Fueron a la guardería, y a mí me mandaron a jugar a otra clase. Era por la tarde. Por fin vinieron a buscarme, y luego, en el coche, volviendo a casa, mi madre no dijo una sola palabra, pero mi padre estaba muy serio, y me dijo: «William, tienes que dejar de pedirle a la profesora que te coja en brazos continuamente. Tiene que ocuparse de una clase llena de niños». Algo así dijo. Y solo recuerdo que pasé mucha vergüenza de camino a casa. —William me miró entonces—. La profesora nunca volvió a cogerme en brazos.

Estaba atónita. Nunca me había contado nada de eso.

Se levantó.

—Pero ¿por qué mi madre me llevó a aquel colegio cuando era tan pequeño? Ella no trabajaba. ¿Por qué no me dejaba quedarme en casa con ella?

—No lo sé —dije.

Seguimos hablando un poco más de Catherine, de cuando estaba «depre», como decía ella. Hasta ese día no había llegado a entender bien que esta

146

hubiera sido una parte tan importante de la infancia de William.

—Bueno —dijo por fin—. Estaba «depre» porque había abandonado a su hija —y añadió—: Abandonó a su pequeña.

Y me miró con una cara de inmenso dolor.

Ay, William, pensé.

¡Ay, William!

Esa noche me dio un abrazo y dijo: «Hasta mañana, Botón».

No pude dormir, ni siquiera con la pastilla que tomaba, desde hacía años, cuando no conseguía quedarme dormida. No paraba de pensar en lo que había dicho William, que era una egocéntrica, y no sabía qué hacer con eso. Era un pensamiento muy incómodo. Hice lo que hace todo el mundo cuando lo acusan. Pensé en distintas personas a las que conocía, y en lo egocéntricas que eran todas. Ese, pensé, es tan egocéntrico que se pasa la vida disimulando, y por eso es poco generoso; y esa otra es una egocéntrica y ni siquiera se da cuenta... Y al cabo de un rato tuve que decirme: Lucy, vale ya.

Pero se me iba la cabeza a varios sitios.

Me acordé de esto:

De un día que estábamos en Florida, cuando las niñas tenían unos ocho y nueve años. Catherine había muerto ese verano. Y fuimos unos días a Florida, en invierno —fue uno de nuestros primeros viajes sin ella—, y cerca de donde nos alojábamos había una lavandería, y recuerdo que volvía andando, después de dejar algo de ropa en la lavandería; iba cruzando un césped pequeño, y llevaba un vestido vaquero, azul claro, y fue como si un pajarito pasara volando por mi cabeza. Y el pajarito fue este pensamiento: A lo mejor tengo que matarme. Es la única vez que recuerdo haber tenido esta idea. Y el pensamiento pasó volando como un pajarito. Nunca se me ocurrió que llegaría a pensar algo así. Le he dado muchas vueltas desde entonces, y creo que debió de ser porque William ya estaba liado con Joanne en esa época, y yo no lo sabía pero lo presentía. Eso creo.

Nunca me mataría. Soy madre. Aunque me sienta invisible, soy madre.

Mi madre amenazaba con matarse cuando yo era pequeña. Decía: «Voy a coger el coche y cuando esté muy lejos de aquí, buscaré un árbol y me ahorcaré». Y a mí me daba pánico que pudiera hacer eso. Decía: «Cuando vuelvas del colegio no estaré aquí». Y yo volvía asustada todos los días. Y todos los días mi madre estaba en casa. Y entonces empecé a quedarme en el colegio después de clase, me quedaba a diario después de clase, al principio para no pasar frío —en nuestra casa hacía mucho frío y nunca lo he soportado— y luego porque me tranquilizaba estar allí y poder hacer los deberes, y recuerdo que a veces también pensaba en mi madre, y en mi fuero interno le decía: ¡Anda, hazlo! O sea: ¡Anda, mátate! Pero me preocupaba que lo hiciera y pareciésemos aún más raros para la gente de aquel pueblo tan pequeño.

Tras varias horas pensando en estas cosas me tomé otra pastilla y me quedé dormida.

Por la mañana, William parecía agotado, pero me dijo que había dormido muy bien. Se había puesto los mismos vaqueros con la misma camiseta azul marino y me pareció mayor. Bajamos a desayunar al comedor y éramos los únicos clientes. Aun así, la camarera tardó lo suyo en venir a atendernos. Era de mediana edad, con el pelo teñido de negro, y estaba muy atareada con la cubertería, colocándola en una bandeja y enderezándola luego al lado de las jarras de café, y William me miró y me preguntó solo moviendo los labios: ¿De qué coño va? Me encogí de hombros.

Cuando la camarera se acercó, con su bloc y su bolígrafo, y nos preguntó: «¿Qué desean?», dije que me apetecía un cuenco de Cheerios con un plátano, y contestó: «No tenemos cereales fríos».

Así qué pedí unos huevos revueltos y William gachas de avena, y esperamos el desayuno un poco contrariados aunque bien, creo; quiero decir que el hotel no era nada acogedor y producía una sensación rara. Cuando la camarera ya nos había traído el desayuno, pregunté a William:

—Pillie, ¿tuviste alguna aventura con Estelle? Quiero decir si tuviste alguna aventura mientras estabas casado con ella. —Me sorprendió que hubiera sido capaz de hacerle esa pregunta, de pensarlo siquiera.

William terminó de masticar el trozo de tostada que acababa de morder, se lo tragó y dijo:

—¿Una aventura? No, puede que haya tonteado un par de veces, pero nunca he tenido una aventura.

—¿Has tonteado?

—Con Pam Carlson. Pero solo porque la conozco de toda la vida y tuvimos un rollo hace mucho tiempo, así que no me pareció nada importante, porque no lo era.

—¿Pam Carlson? —pregunté—. ¿La que estaba en tu fiesta?

Me miró, masticando.

—Sí. No fue nada importante ni especial. La conozco desde hace muchos años, desde que estaba casada con Bob Burgess.

—¿Te la tirabas entonces?

—De vez en cuando.

Lo dijo seguramente sin darse cuenta de que en esa época seguía casado conmigo. Y vi en su rostro cómo caía en la cuenta, eso me pareció.

—¿Qué quieres que te diga, Lucy?

—¿Te la tirabas cuando estabas casado con Joanne?

—Lucy, vamos a cambiar de tema. Pero sí, también cuando estaba casado con Joanne. Y contigo... Ya te dije en su día que había más de una mujer. Y también te dije en su día que no estaba enamorado de ninguna.

—Olvídalo. Da igual.

Pensé que ya me daba igual. Pero a la vez que lo decía tuve una sensación como de un chapoteo de agua por dentro. Y pensé: No era culpa mía, si hizo lo mismo cuando estaba casado con Joanne y con Estelle. Entonces, ¿no era culpa mía? No me lo podía creer. Y pensé en lo que había dicho la noche anterior, sobre las decisiones que tomamos. A lo mejor William no tenía elección en este caso. ¿Cómo voy a saberlo?

No lo sé.

—Vamos —dijo, limpiándose el bigote cuando terminó con las gachas.

Bebió un último sorbo de café y tuvimos que esperar otra vez a que la camarera nos trajera la cuenta. Quería ver si William le dejaba una buena propina, y eso hizo, mirándome con cara de circunstancias mientras sacaba las monedas.

Camino de Houlton, la cuneta aparecía llena de flores de zanahoria medio secas. El sol estaba alto y resplandeciente. Pasamos por delante de graneros en ruinas y campos con rocas, y también vimos algunas vacas blancas. William me señaló un campo de patatas sin recoger. Tenían hojas verdes por la parte de arriba, y me explicó que rociaban esa parte para evitar que los nutrientes se fueran a las hojas en vez de a la patata. Me impresionó que supiera eso, y se lo dije, pero no hizo ningún comentario. Al otro lado del patatal había un campo de cebada cosechado.

Y más adelante pasamos por otros patatales donde ya habían recogido la cosecha y removido la tierra marrón. Vi que por lo general los graneros donde guardaban las patatas estaban en una loma.

En las afueras de Houlton había un motel, el Scottish Inn, que estaba cerrado y cubierto de hierbajos.

—William, tu madre tenía problemas para dormir —dije. Me acordé de repente, pensando en la mala noche que había pasado.

—¿Sí? —Se volvió a mirarme. Llevaba puestas las gafas de sol. Yo también.

—Sí. ¿No te acuerdas?

—La verdad es que no.

—Por eso se quedaba dormida muchas veces en el sofá. Decía: «Es que anoche no pegué ojo».

—Supongo que tienes razón. Cuando íbamos a Gran Caimán la oía levantarse por la noche y nunca entendía por qué.

Miré por la ventanilla. Estábamos pasando por delante de un campo bordeado en un costado por una hilera de árboles.

—Me he acordado, sin más. No, espera —miré a William y añadí—: Cuando estaba enferma, una vez dijo que no podía dormir y bromeó: «Va siendo hora de tomar unas pastillas». Y cuando fui a buscarlas a la farmacia..., aunque a lo mejor me lo dijo el médico: sí, me lo dijo el médico..., cuando fui a la farmacia resultó que llevaba años tomando pastillas para dormir.

—Estupenda relación médico-paciente —señaló William con sarcasmo—. ¿Dónde está la intimidad?

—No la había. Yo le caía bien al médico —dije. Y eso era cierto.

Nos quedamos callados un rato.

—Bueno, me parece interesante —señalé—. Que no pudiera dormir.

—Lucy, tú nunca podías dormir —contestó William.

—Ya lo sé, idiota, y también sé por qué no podía: por venir de donde venía... Solo digo que a lo mejor tu madre no podía dormir por lo que había dejado atrás.

—Entiendo. —Me miró, pero como llevaba puestas las gafas de sol no supe qué había en su mirada. Y pasados unos minutos dijo—: Lucy, seguimos sin saber qué hacemos aquí.

—Tú sigue. Vamos a casa de Lois Bubar, aparcamos y lo pensamos.

Entramos en Houlton con un sol tan radiante que el pueblo parecía lanzar destellos —me refiero al juzgado y la biblioteca de ladrillo—, y todo tenía un aire antiguo y muy agradable, como si siempre hubiera estado a gusto consigo mismo, y el río también centelleaba, y enseguida llegamos a Pleasant Street.

Y cuando pasamos por Pleasant Street había una mujer mayor en el jardín de la casa que habíamos visto el día anterior. Estaba inclinada sobre un arbusto, llevaba un sombrero y no tenía el pelo corto; lo que quiero decir es que tenía el pelo bonito, como castaño claro, y le llegaba justo por encima de los hombros, a pesar de que no era joven. Pero su aspecto era juvenil, inclinada sobre el arbusto. Llevaba una blusa azul y unos pantalones marrones recogidos en los tobillos. Era delgada, sin ser flaca. Quiero decir que era ágil.

—William —casi grité—. Es ella.

William redujo la velocidad, pero la mujer no levantó la vista, y seguimos de largo, hasta la siguiente manzana. Entonces se quitó las gafas y me miró:

—Madre mía, Lucy.

—¡Es ella! —Señalé hacia la casa que habíamos dejado atrás.

William se volvió a mirar un momento.

—No sabemos si es ella. Puede que Lois Bubar esté dentro de esa casa en una silla de ruedas, con un hijo que le da palizas.

—Sí, es verdad —asentí—. Deja que vaya a hablar con ella.

Me miró, parpadeando.

—¿Qué le vas a decir?

—No lo sé. Tú quédate aquí y déjame hablar con ella. —Cogí el bolso, me lo colgué del hombro y ya iba a salir del coche cuando se me ocurrió—: ¿Quieres venir conmigo?

—No, ve tú. No sé qué hacer.

Yo tampoco lo sabía.

Desde la acera vi que en el jardín, a un lado de la casa, había un tendedero con varias cuerdas sujetas a cuatro postes de madera. Y una hamaca que parecía nueva, colgada entre dos árboles fuertes. Como ya he dicho, era la casa más bonita de la manzana, recién pintada de azul marino y con una cenefa roja. La mujer seguía inclinada sobre el arbusto —era un rosal, con varias flores amarillas y tirando a planas—, como enfrascada en su tarea, y entonces me fijé en que tenía en la mano un espray pequeño. Aflojé el paso a medida que me acercaba. No sabía qué iba a hacer.

Y de repente me miró, sonrió y volvió a su rosal.

—Hola —saludé, deteniéndome en mitad de la acera.

El rosal no estaba lejos de la calle. Volvió a mirarme. Llevaba unas gafas pequeñas y le vi perfectamente los ojos; no eran grandes, pero me parecieron penetrantes.

—Hola —contestó al tiempo que se erguía.

—Qué rosal tan bonito —dije, parada en la calle.

—Lo plantó mi abuela hace muchos años y estoy intentando conservarlo. Tiene el maldito pulgón.

—Sí, el pulgón es un fastidio.

Volvió a su tarea, apretando el bote de espray.

—¿Lo plantó su abuela? —pregunté—. Eso es bonito. Quiero decir tenerlo desde hace tanto tiempo.

Y entonces la mujer se irguió de nuevo y me observó.

—Sí.

Me puse las gafas en la cabeza y me presenté:

—Me llamó Lucy. Encantada de conocerla.

No se movió del sitio, y vi que no iba a darme la mano, pero no por antipatía; simplemente no iba a hacerlo. Volvió la vista al cielo, echó un vistazo alrededor del jardín y me miró de nuevo.

—¿Cómo ha dicho que se llama? —No era ni agradable ni desagradable.

—Lucy. ¿Y usted?

Se quitó las gafas; debían de ser gafas de cerca, para ver el pulgón, y sin ellas tenía una pinta rara:

parecía a la vez mayor y más joven. Tenía los ojos calvos, es decir, con muy pocas pestañas.

—Lois —dijo. Y luego—: ¿De dónde es usted, Lucy?

Estuve a punto de decir que de Nueva York, pero me frené a tiempo.

—Soy de un pueblo de Illinois.

—¿Y qué la trae por Houlton? —preguntó. Tenía una línea de sudor en el nacimiento del pelo, justo donde el sombrero le rozaba la piel.

—Bueno, es que mi marido y yo... El padre de mi marido estuvo aquí como prisionero de guerra, y hemos venido a ver qué averiguábamos. —Me cambié el bolso de hombro.

—¿Su suegro estuvo aquí como prisionero de guerra? —Me miró a los ojos. Y asentí—: ¿Y se casó con una mujer de aquí? —añadió.

—Sí —expliqué—. Se fueron a vivir a Massachusetts, y él murió cuando mi marido tenía catorce años.

Lois Bubar se quedó quieta, al sol.

—¿Le gustaría entrar? —me ofreció entonces. Dio media vuelta y se acercó hacia la puerta lateral. La seguí. Entonces se detuvo y se volvió a mirarme—. ¿Dónde está su marido ahora mismo?

—Mi exmarido, disculpe que no lo haya aclarado. Somos amigos. Está en el coche, en la siguiente manzana.

Se quedó mirándome. No era alta, más o menos de mi estatura.

—Ha pensado que... —empecé.

Lois echó a andar y dijo:

—Pase.

Entramos en un vestíbulo oscuro donde había un montón de chaquetas y abrigos colgados en perchas, y de ahí pasamos a la cocina, donde Lois se quitó el sombrero y lo dejó en la encimera.

—¿Le apetece un vaso de agua? —me ofreció.

Le dije que me encantaría y le di las gracias.

Llenó dos vasos de agua del grifo mientras yo echaba un vistazo sin mover la cabeza y pensaba lo poco que siempre me habían gustado las casas ajenas. Esta era bonita: quiero decir que no tenía nada de malo; la cocina estaba un poco abarrotada —lo normal cuando la gente lleva mucho tiempo viviendo en el mismo sitio— y parecía oscura en contraste con el sol del jardín; solo digo que nunca me ha gustado estar en casas ajenas. Siempre hay un leve olor que me resulta extraño, y en casa de Lois lo había.

Me acercó el vaso de agua —me fijé en que llevaba un anillo de oro, una alianza sencilla— y fuimos al cuarto de estar. Allí me sentí algo mejor. También estaba un poco abarrotado, pero el sol entraba a chorros por la ventana y había un montón de estanterías, llenas de libros. En todas las mesas había fotografías, muchas y en marcos variados. Me fijé en que la mayoría eran fotos de bebés y niños con sus padres. Ese tipo de fotos. En el centro de la sala había un sofá azul un poco raído, y una butaca en la que se sentó Lois, apoyando los pies en el escabel que tenía delante. Me senté en el sofá raído. Lois llevaba unas sandalias de goma.

—Su *exmarido* —señaló, y bebió un trago de agua.

—Sí —asentí—. Mi segundo marido murió el año pasado.

Levantó las cejas.

—Lo siento —dijo.

—Gracias.

Dejó el vaso de agua en una mesita, al lado de la butaca.

—No crea que lo superará con el tiempo. Mi marido murió hace cinco años.

Le dije que lo sentía.

Hubo un silencio. Me miró y me sentí incómoda. Noté calor en las mejillas.

—¿Qué puedo hacer por usted? —me preguntó por fin.

—A lo mejor nada. Como ya le he dicho, hemos venido a investigar los orígenes de mi marido..., de mi exmarido. Supongo que se podría decir así.

Me miró con una sonrisa mínima, no supe si con simpatía o sin ella.

—¿Su exmarido ha venido en busca de familiares?

—Sí —afirmé, con una especie de suspiro de derrota.

—Entonces ha venido a buscarme.

—Eso es.

—Y ahora mismo está ahí fuera, en el coche.

—Sí.

—Porque está asustado.

Salí entonces en defensa de William, también un poco asustada yo.

—No está seguro...

—Escuche, Lucy. —Lois Bubar cogió el vaso de agua, dio un sorbo y volvió a dejarlo en la mesita con mucho cuidado—. Sé por qué han venido. Incluso sé que ayer estuvieron en el pueblo, que fueron a la biblioteca. Esto es muy pequeño. Si usted viene de un pueblo, ya lo sabrá. La gente habla.

Quise decir que no, que yo vivía en mitad del campo y casi nunca iba al pueblo, y que en el pueblo nunca nos trataron bien, pero no lo dije. No dije nada.

Y entonces Lois Bubar me contó esto:

—He tenido una vida muy buena. —Me señaló casi lacónicamente con el dedo índice—. He tenido una vida estupenda. Así que dígame que su exmarido también la ha tenido.

Guardó silencio, echó un vistazo al cuarto de estar y volvió a mirarme. Me pareció ver en su expresión una mezcla de leve cautela y también —un pelín— de aburrimiento. La pared estaba empapelada con un papel de flores por el que corría un hilillo de agua.

—Vamos al grano —dijo. Volvió la vista al techo unos segundos antes de explicar—: Cuando tenía ocho años, mis padres, los dos, me sentaron y me contaron que mi madre... Me contaron que mi madre era otra mujer, la que me había dado a luz. Pero me dejaron muy claro que esa otra mujer no era mi madre. Mi madre era la mujer que me había criado desde que tenía un año. Esa era mi madre. Me crio en esta casa —abarcó el cuarto de estar con un ligero movimiento de la mano— y era una mujer maravillosa. Y fue muy cariñosa cuando me contó eso, y mi padre también: recuerdo que me abrazó. Estábamos sentados en el sofá, y mi padre me pasó el brazo por encima mientras hablaban conmigo. Creo que pensaron que ya tenía edad suficiente para contármelo

159

y, como en el pueblo había gente que lo sabía, era mejor que lo supiera por ellos antes de que me enterase por otras vías. Me desconcertó, como le pasaría a cualquier niño. Pero creo que no le di importancia.

»Porque no tenía importancia. Tenía a mis padres, que me querían mucho, y tenía tres hermanos pequeños, a los que también querían. No habría podido tener unos padres mejores; estoy segura.

Vi que decía la verdad. Había en Lois una especie de profunda comodidad interior —casi esencial—, como les pasa a quienes han recibido mucho amor de sus padres.

Lois bebió otro trago de agua.

—Con el tiempo, cuando me hice mayor y empecé a hacer preguntas, me hablaron de la mujer que se llamaba Catherine Cole y se fugó con un prisionero de guerra alemán. Un buen día, en noviembre, salió de casa, cogió un tren y nunca volvió. Yo aún no había cumplido el año. Mi padre sabía lo del alemán, pero creía que eso ya era agua pasada. Catherine era muy joven cuando se casó con mi padre; tenía solo dieciocho años. Él era diez años mayor, y decía, siempre lo dio a entender, que Catherine se casó con él para salir de casa de sus padres —Lois hizo una pausa y añadió—: Mi madre se llamaba Marilyn Smith... —Dio unos golpecitos en la mesa que tenía al lado—. Se crio en esta casa, y todo el mundo sabía que ella y mi padre estaban hechos el uno para el otro. Eran novios, pero riñeron por algo sin importancia, y entonces Catherine Cole se metió por medio. —Lois levantó los brazos ligeramente, y el agua del vaso se desplazó un poco—. Y mi padre se casó con ella. Pero Marilyn lo acompañó cuando Catherine nos abandonó, a mí y a él. Iba a casa todos los días, desde el momento en que se marchó Catherine, y cuando yo tenía dos años se casaron. Supongo que esperaron un año por guardar el decoro. Y, naturalmente, mi padre tuvo que divorciarse antes.

Lois se quedó callada. Dejó el vaso en la mesita, juntó las manos encima del regazo y se puso a mirarlas. No podía creerme lo que estaba pasando. Oí que pitaba el teléfono en el bolso, que me entraba un mensaje de texto, y le di un codazo, como para que se callara: una idiotez. A mi izquierda había una foto —parecía reciente y era más grande que las demás— de un joven en su graduación.

Lois volvió a mirarme con esa sonrisa mínima que yo no sabría decir si era o no de simpatía. Un rayo de sol le daba en las piernas.

—Su suegra siempre la presentaba a usted diciendo: «Esta es Lucy, y viene de la nada». Pero ¿sabe de dónde venía ella?

Había oído lo que Lois acababa de decir, pero tuve que repasar la frase mentalmente.

—Espere. ¿Cómo sabe eso? ¿Que mi suegra le decía eso a la gente?

—Porque lo ha escrito usted —contestó con naturalidad.

—¿Que lo he escrito?

—En su libro..., en sus memorias. —Señaló con el dedo una estantería que había a mi derecha.

Se levantó de la butaca, se acercó y me trajo mis memorias —en tapa dura—, y entonces vi que tenía todos mis libros juntos. Me sorprendió mucho.

—¿Sabe usted de dónde venía Catherine Cole? —repitió Lois. Volvió a sentarse. Dejó el libro en equilibrio, en el brazo de la butaca, y después lo pasó a la mesita, con el vaso de agua.

—La verdad es que no.

—Bueno —explicó, con su sonrisa mínima—: Venía de menos que de la nada. Venía de la escoria. —La palabra fue como una bofetada para mí. Esa palabra siempre es como una bofetada para mí.

Se acarició una pierna y añadió:

—Los Cole eran una familia complicada desde siempre. No eran gran cosa. Por lo visto la madre de Catherine bebía y el padre era incapaz de conservar un trabajo. Decían que también era un maltratador, con su mujer y con los niños. ¿Quién sabe? El hermano de Catherine murió en prisión cuando era bastante joven. No sé cómo acabó allí. Pero Catherine era guapa. Nunca he visto una foto suya. En casa no había fotos suyas. Pero los dos me lo dijeron, mis padres me lo dijeron. Que era muy guapa. Y fue detrás de mi padre. —Echó un vistazo al cuarto de estar—: Como puede ver, mi madre, Marilyn Smith, no venía de la escoria.

—No —asentí.

—Vayan a ver la casa de Catherine. Lleva años abandonada, pero de allí venía. Está en Dixie Road. —Buscó algo con los ojos, se levantó, cogió un bolígrafo, se puso las gafas y anotó la dirección en un papel—. A la vuelta de Haynesville Road. —Me pasó el papel, volvió al asiento y se quitó las gafas. Le di las gracias—. Deberían ir también a la granja Trask, donde crecí. Está en Drews Lake Road, justo al lado de las vías del tren de New Limerick, en Linneus. —Se levantó otra vez, cogió el papel que me había dado, se puso las gafas y anotó algo más—.

Aquí tiene. —Me lo tendió de nuevo—. Mi hermano dirigió la granja muchos años, y ahora la llevan
sus hijos. Todo sigue como siempre. Aquí nunca
cambia nada. —Volvió a sentarse.

Y me alegró que se sentara. Significaba que no
quería que me fuese aún.

A una pregunta mía, Lois me habló de cuando
había sido Miss Flor de la Patata Dijo que fue diver-
tido.

—Fue agradable, ya sabe.... —pero aclaró que no
había sido lo mejor de su vida. Lo mejor de su vida
había sido su marido, que era de Presque Isle, dentis-
ta. Ella fue profesora de tercer grado durante veinti-
siete años y además crio a cuatro hijos—. Todos salie-
ron bien. Todos. No dieron ni un solo problema con
las drogas, y eso no es normal en estos tiempos.

—Eso es maravilloso —asentí.

—¿Tiene usted nietos, Lucy?

—Todavía no.

Se quedó pensativa.

—¿No? Pues entonces no sabe lo increíbles que
son. No hay nada como un nieto. Nada en el mundo.

A mí no me interesaban demasiado.

—Tengo un nieto que es autista —añadió
Lois—. Y le aseguro que es todo un reto.

—Vaya, lo siento. —Lo sentía de verdad.

—Pues sí. No es fácil. Pero sus padres lo llevan
bien. En la medida de lo posible.

—Lo siento mucho —repetí.

—No lo sienta. Es encantador. Y tengo otros
siete nietos que son todos geniales: unos niños geniales. —Se inclinó y señaló la foto del joven en su

graduación—. Este es el mayor. Se graduó en Orono el año pasado.

—Qué bien —dije. Y oí que mi teléfono volvía a pitar.

—¿Sabe? Me arrepiento de muy pocas cosas en la vida —dijo Lois—. Y creo que eso es una suerte, porque veo que mucha gente que me rodea está llena de arrepentimientos, o tendría que estarlo, mientras que yo, sinceramente, creo que he tenido una vida estupenda, como ya le he dicho.

Vi entonces un montón de revistas femeninas al lado de la butaca, más cerca de la pared. El cuarto de estar, lo he mencionado antes, estaba un poco demasiado lleno, pero no llegaba a resultar incómodo, y aparte de la mancha de agua en el papel pintado todo parecía limpio.

Lois se quedó mirando hacia un rincón de la sala.

—Aunque..., puede que sea lo que más lamento... —Volvió a mirarme—. Es que cuando esa mujer, Catherine, vino a buscarme no fui con ella todo lo amable que tendría que haber sido, como pensé después.

—Espere. Un momento. —Me incliné hacia delante—. ¿Ha dicho que vino a buscarla? ¿Vino a buscarla?

Lois puso cara de sorpresa.

—Sí. Me imaginaba que lo sabían.

—No. —Volví a apoyarme en el respaldo y aclaré, con más tranquilidad—: No, no teníamos ni idea de que hubiera venido.

—Pues sí. Fue el verano del... —dijo el año, y reconocí enseguida que fue el verano que yo estuve nueve semanas en el hospital y casi no supe nada de Catherine.

—Bueno, lo que hizo fue... —Lois cruzó los tobillos y se acomodó en la butaca—. Lo que hizo fue contratar a un detective privado. Como entonces no existía internet, contrató a un detective privado para que me localizara, no era difícil, y así consiguió esta dirección y vino a esta misma casa y se sentó exactamente donde está usted ahora.

—No me lo puedo creer. Perdone, pero no me lo puedo creer.

—Pues sí. Vino un día entre semana, cuando sabía que mi marido estaría trabajando y los chicos en la granja de su tío, eso hacían los chicos por aquel entonces, trabajaban todos en la granja; y yo tenía vacaciones porque era verano. Y sonó el timbre... Ese timbre no suena nunca... —Lois señaló hacia la puerta, detrás de mí, y me volví a mirarla—. Fui a abrir la puerta, y allí estaba Catherine y...

—¿Supo que era ella? —pregunté.

—La verdad... —Lois me miró con aire contemplativo—. Sí. No sé cómo. Nada más verla. Pero también pensé: No puede ser. —Negó ligeramente con la cabeza—. El caso es que me dijo: «¿Sabes quién soy?». Y le dije: «No tengo la menor idea». Y dijo..., eso me dijo, esa mujer... Dijo: «Soy tu madre: Catherine Cole».

Lois levantó una mano y la llevó un poco hacia atrás.

—Y me entraron ganas de decirle: No, no eres mi madre. Pero no se lo dije. Al final le dije, con bastante frialdad: «¿Por qué no pasa usted, Catherine Cole?». —Lois me miró y asintió—. Fui fría con ella, fui muy fría con ella. Mis padres ya habían muerto para entonces. Habían muerto hacía poco, con seis meses de diferencia. Y ella lo sabía, claro, por el detective privado. Y no me pareció bien que me buscara después de tantos años, y tampoco la manera de entrar y de sentarse, como si nos conociéramos, y entonces lloró un rato...

—¿Lloró? —pregunté.

Lois asintió y suspiró, inflando un poco los carrillos.

—Pero sobre todo habló. Y ¿sabe qué más? Se había vuelto muy urbanita. Venía con un vestido que... Bueno, esto lo calculé después: que tenía sesenta y dos años, porque yo entonces tenía cuarenta y uno... Venía con un vestido casi sin mangas, poco más que unos volantitos en los hombros. —Se tocó un hombro—. Era azul marino con esa cosa blanca... Eso que llaman... Ay, no me viene la palabra... Eso que ponen alrededor...

—Ribetes —apunté.

Conocía el vestido del que hablaba Lois. Era el favorito de diario de Catherine. Tenía ribetes blancos en las mangas y en las costuras de los costados.

—Ribetes —asintió Lois—. Y no llevaba medias. El vestido le llegaba por la rodilla y era... No sé cómo decirlo... Un vestido que aquí no se pondría nadie. Pero ¿sabe qué fue lo que más me molestó de su visita? Que solo hablara de sí misma. Bueno, me hizo algunas preguntas, claro, lo sabía casi todo por el detective privado, pero no paró de hablar de... —Movió ligeramente la cabeza con fastidio—. De sí misma. De sí misma y de lo duro que había sido todo para ella.

Se separó un momento del respaldo y volvió a apoyarse.

—El caso es que sé que no dormía, que se deprimió; creo que dijo que se puso «depre»... Y también sé que tuvo un hijo y que su marido murió; esto lo sé por su libro. ¿Sabe que tuvo el cuajo de hablarme de ese hombre, de su hijo? Estaba loca por él, y oyéndola hablar, Lucy, cualquiera pensaría que era el científico más brillante del mundo. ¡No era eso lo que yo quería oír!

Madre mía, pensé.

—No, claro que no —dije. Y añadí—: Bueno, es que por aquel entonces su hijo era lo único que tenía en el mundo.

—Sí. Tiene razón —reconoció. Y repitió con voz más serena—: Tiene razón. —Se miró los pies y levantó la vista para decir—: Lo he pensado mucho desde entonces, y creo que podría haberle mostrado un poco más de compasión. —Se le descompuso el gesto y tuve que mirar a otro lado. Enseguida añadió—: Pero me sacó de quicio tanto hablar de su hijo, la verdad.

Lois guardó silencio unos segundos y continuó:

—Le contó a su marido que había tenido una hija, yo, y que me había abandonado. Se lo contó a Gerhardt, el alemán. Y por lo visto eso le creó problemas en su matrimonio.

—¿Se lo contó? ¿Sabe usted cuándo se lo contó?

—No estoy segura. La verdad es que no me acuerdo, pero creo que bastante al principio, aunque no inmediatamente. Solo dijo que eso había creado problemas. No sé a qué se refería. —Y, mirándome, con una mano apoyada en la mejilla, señaló—: Me sorprende que nunca les contara nada de esto.

—Lois, mi marido no sabía nada de usted hasta hace unas semanas.

Era evidente que no se lo esperaba. Se retiró la mano de la cara.

—¿En serio? —preguntó.

—Sí —le aseguré—. Justo antes de dejarlo, su mujer le regaló una suscripción a uno de esos sitios web para encontrar a los antepasados, y fue así como supo de usted. Su madre nunca le contó nada, y su padre tampoco. William no lo sabía.

Dio la impresión de que le costaba asimilarlo.

—¡Vaya! —Negó con la cabeza—. ¿Hace solo unas semanas?

—Sí.

—¿Y dice usted que fue justo antes de que su mujer lo dejara?

—Sí.

—Y usted lo dejó. Según su libro. —Miró de reojo el libro que había posado en la mesita.

—Sí.

—Entonces, ¿lo han dejado dos mujeres?

Asentí; ya me estaba arrepintiendo de haber dicho que su otra mujer lo había dejado.

Me miró con incredulidad y preguntó:

—¿Es que le pasa algo..., ya sabe..., algo malo?

—Creo que no se casa con quien más le conviene —expliqué.

Lois no dijo nada.

Me sentía mal por William, que estaba en el coche, solo, mientras yo hablaba con Lois.

—¿Le gustaría conocerlo? —pregunté.

Me miró con un gesto entre triste y enfadado y comprendí que no quería.

—Lo siento —se disculpó—. No me apetece. Ya no soy joven. Ha sido agradable hablar con usted, pero no quiero verlo. No. No quiero conocerlo.

—De acuerdo. —Hice ademán de ponerme en marcha y Lois se levantó. Supe que habíamos terminado.

Me acompañó a la puerta y la abrió de un tirón. Cedió con cierta dificultad, como si no se utilizara a menudo. Me imaginé a Catherine cruzando esa puerta muchos años antes y sentándose donde yo me había sentado.

Me volví hacia Lois, que levantó la mano y la posó en mi brazo muy ligeramente.

—Cuando leí su libro, sus memorias, me sorprendió mucho ver que hablaba del plantador de patatas, ¡de mi padre! Y no paraba de pensar: Hablará de mí, contará que la mujer abandonó a su hija con menos de un año. Pero no.

—Porque no sabía que hubiera abandonado a nadie más que a su primer marido —le recordé.

—Sí, ahora ya lo sé. Pero entonces no lo sabía. Y, ¿sabe qué? Es una tontería, pero me dolió. Me volví a enfadar con Catherine, y con usted, porque no hablaba de mí en ese libro.

—Ay, Lois. —Tenía una extraña sensación de irrealidad, como si no me funcionara bien la cabeza, como si necesitara comer algo. Esa sensación pero aumentada.

—Bueno —se rio un poco—. Si habla de esto en algún libro, me gustaría aparecer en él.

—Claro que sí.

Y volvió a reírse para añadir:

—Si me saca favorecida, claro.

Vi entonces, al fijarme en cómo le daba la luz en la cara, su cansancio, y comprendí que la conversación no había sido fácil para ella; le había costado mucho, y lo sentí.

Casi no era capaz de andar erguida mientras iba hacia el coche apresuradamente. Allí seguía William. Tenía la cabeza apoyada en el respaldo del asiento, y al principio me pareció que se había dormido, con la ventanilla bajada del todo. Pero se irguió en cuanto llegué a su lado.

—¿Quiere verme? —preguntó.

Fui hasta la otra puerta del coche y entré.

—Vámonos —dije.

William arrancó y nos fuimos de allí. Lo único que le oculté fue la reacción de Lois cuando dije que su segunda mujer lo había dejado.

Lo demás se lo eché todo encima.

William me interrumpió varias veces para pedirme que le aclarase o repitiera algo, y eso hice. Pasamos así un buen rato, mientras él se mordía el bigote, entrecerraba los ojos para mirar por el parabrisas, porque no llevaba puestas las gafas de sol, y me escuchaba con mucha atención. De pronto dijo:

—No estoy seguro de que Lois Bubar te haya contado la verdad.

—¿En qué sentido?

—En el sentido de que mi madre viniera aquí. ¿Por qué iba a venir a esas alturas de la vida?

Estaba a punto de decir que había reconocido el vestido que llevaba Catherine, según Lois, cuando William añadió:

—Y el hermano de Catherine no murió en prisión. He visto su certificado de defunción *online*, y no dice que estuviera en prisión.

—¿Adónde vamos? —pregunté, mirando a nuestro alrededor.

—No lo sé. Vamos a ver si encontramos la granja de Trask, y la casa de Catherine. Has dicho que tenías la dirección.

—Tengo la dirección de la casa donde vivió de pequeña. La granja está en Drews Lake Road, en Linneus. Sin número. Muy cerca de las vías del tren de New Limerick.

William aparcó el coche.

—Vamos a ver —dijo. Y mientras él sacaba el iPad yo miré el móvil y vi dos mensajes de Becka. El primero decía: ¿Vais a volver a vivir juntos papá y tú? El segundo decía: ¿¿¿Mamá, qué está pasando por ahí??? Contesté al primero: No, cielo, pero nos llevamos muy bien. Y en relación con el segundo dije: ¡Hay mucho que contar! Me sorprendió que preguntara si su padre y yo íbamos a volver a vivir juntos. Guardé el teléfono de nuevo en el bolso.

—Vale —asintió William.

Había localizado Linneus, Maine, en el iPad, y después encontró Drews Lake Road. Arrancó el coche, seguimos adelante y al cabo de un rato vimos a lo lejos la casa donde había vivido su madre con

171

Clyde Trask y donde conoció al padre de William. Era una casa. Eso es lo primero que puedo decir. Pero enseguida caí en la cuenta de que en aquella zona —y en muchas otras— llamaba la atención. Tenía un porche muy largo alrededor, y tres plantas, con las persianas negras y la fachada blanca. Y cerca había un granero, en una loma, donde normalmente construían los graneros, y nos acercamos a echar un vistazo.

—Esto no me está sirviendo de nada, Lucy —dijo William—. Quiero decir que me da igual.

Y le contesté que lo entendía.

Seguimos mirando de todos modos y encontramos las ventanas de la sala donde Catherine seguramente oyó a Wilhelm tocar el piano, y creo que a los dos nos produjo una ligera... repugnancia sería una palabra demasiado dura... Creo que a ninguno de los dos nos gustó.

Volvimos al coche. No había nada en la carretera: solo unos cuantos árboles rociados ahora por la luz del sol, y más adelante una pequeña oficina de correos que parecía muy antigua.

—Mira, Lucy —dijo William, y entendí por qué se emocionaba. Era, evidentemente, la oficina de correos a la que su madre había ido a diario para ver si tenía carta de Wilhelm.

Y, cuando ya nos alejábamos, despacio, porque íbamos despacísimo, encontramos las vías del tren, y William dijo:

—Madre mía, Lucy. Espera un segundo.

Vimos una estación muy pequeña, con cobertizos a lo largo de las vías. Tal como había dicho Lois, nada había cambiado. Aparcamos en la estación

—no había ni un coche, ni un alma— y nos quedamos mirando la carretera por la que seguramente pasó Catherine, a ratos corriendo y a ratos andando, aquella tarde de nieve del mes de noviembre. Era una estación pequeña, de madera. Más bien un apeadero que una estación.

Me imaginé a Catherine de joven, a ratos corriendo y a ratos andando por la carretera oscura y azotada por el viento de noviembre, llegando a la estación sin botas, con unos zapatos, a pesar de la nieve, y también sin abrigo, para que no la descubrieran; la imaginé a ratos andando y a ratos corriendo, con ropa oscura y una bufanda en la cabeza, esperando en aquella estación, muy asustada, como probablemente había vivido siempre, asustadísima por las palizas de su padre, y me pareció adivinar lo que debió de pensar:

Si Wilhelm no está cuando llegue a Boston, me quitaré la vida.

—Me cago en Lois Bubar —dijo William.

Me volví a mirarlo bruscamente. Habíamos vuelto a la carretera principal.

—Ojalá no existiera —añadió. Se pasó la mano por el bigote sin quitar la vista de la carretera—. ¿Quiere que la saques en un libro? ¿Y salir bien favorecida? ¡Anda ya! ¿Y dice que lo único de lo que se arrepiente en la vida es de no haber sido más amable con mi madre? ¡Y después yo vengo hasta aquí y ni siquiera quiere verme! Esa tía es gilipollas.

Y pensé en la profesora de la guardería que nunca más volvió a cogerlo en brazos.

Después del primer año de universidad encontré un trabajo en el departamento de admisiones, que consistía en enseñar el campus a futuros alumnos. ¡Me encantaba! Estaba muy contenta de no tener que volver a casa en verano, me encantaba la facultad y me hacía ilusión enseñársela a la gente. Pero cuento esto por algo concreto: había un chico que trabajaba en el mismo departamento. No era el director, pero a mí entonces me parecía muy importante. Tendría unos diez años más que yo, y con el tiempo empecé a gustarle. Recuerdo que salimos un par de veces, pero no adónde fuimos. Tenía coche, claro, y para mí tener un coche era de ser muy mayor, y me acuerdo de que la primera vez que subí al coche y vi los tiradores de la puerta y los compartimentos para los vasos pensé: ¿Compartimentos para vasos? Me pareció de muy mayor, y no del todo de mi estilo. Pero el chico me gustaba, incluso puede que estuviera enamorada de él. Me enamoraba de todo el mundo. Y una noche, cuando me dejó en el piso que compartía con varias amigas estudiantes (¡amigas!), me apoyó contra el coche y me besó, y recuerdo que me dijo al oído: «Hola, fiera». Y yo pensé que... No sé lo que pensé. Pero después de besarme esa noche, el tipo pasó de mí, y a los pocos meses se casó con la secretaria de la oficina. Era una mujer guapa que a mí siempre me había caído bien.

Cuento esto para explicar cómo, en cierto modo, sabemos quiénes somos sin saberlo.

Y el tipo del departamento de admisiones sabía que yo no podía estar con él ni llamarle lo que una persona llama a otra después de que la llamen «fiera», y que en realidad no aceptaba los compartimentos para los vasos. No me dio pena no volver a saber nada de él, porque siempre me chocó un poco que se interesara por mí. Bueno, ¡a lo que íbamos! A lo que íbamos es: ¿qué sabía William de mí y qué sabía yo de él para que decidiéramos casarnos?

Había en Haynesville Road una quietud que daba escalofríos. Recorrimos varios kilómetros sin cruzarnos con ningún coche. Tenía la sensación de que la carretera estaba maldita: árboles talados a los lados y árboles muertos en ciénagas. Más adelante había algunos árboles en los que empezaban a salir las manzanas, y William dijo que eso significaba que debía de haber granjas cerca, así que continuamos. Todo parecía un poco quemado por el sol.

Vimos un cartel con un Santa Claus grande que decía: ÁRBOLES DE NAVIDAD A 100 METROS. Pero a cien metros solo había más de lo mismo.

No podía quitarme de encima el miedo que me daban los bosques de Haynesville. Se veían muchas ciénagas con árboles muertos. Los árboles muertos tenían un resplandor casi rosáceo, y había unos hierbajos desaliñados muy parecidos al clavo, pero de una variedad que yo no conocía. Pasamos por delante de una iglesia baptista en mitad de la nada, y William dijo: «A lo mejor fue aquí donde Catherine se casó con Clyde Trask. ¿Quién sabe?». No parecía importarle gran cosa, y creo que pensaba que su verdadera madre era la que había conocido siempre, la que vivía en Newton, Massachusetts, mientras que la persona que había vivido allí de joven no le interesaba en absoluto. Creo que me dio esa impresión.

Y entonces, de repente, había un sofá en la cuneta. Había un sofá pequeño, de tela estampada, al lado de la cuneta. Estaba ahí, sin más, con una lámpara a un lado, en el cruce de Haynesville Road con una carretera más pequeña. Y, cuando William redujo la velocidad para mirarlo, vi que la señal del cruce indicaba Dixie Road. Avisé a William, y giró para coger la carretera más pequeña. En el papel de Lois decía: «Dixie Road, última casa», pero no se veía ninguna casa en la carretera, hasta que pasamos por delante de una casita, y en la puerta había un hombre que nos miró descaradamente. Era mayor, con barba y sin camisa, y parecía muy enfadado; nunca un desconocido me había mirado con tanta ira desde que era pequeña, y me asusté mucho. Se terminó el asfalto y más adelante, a la derecha, encontramos dos casitas, y después de un buen trecho sin nada alrededor vimos la última casa del camino. Tenía pinta de llevar años abandonada. Era la casa más diminuta que había visto en mi vida. Yo me crie en una casa muy pequeña, pero esta era mucho más pequeña, de una sola planta, y tendría como mucho dos habitaciones. Y al lado había un garaje muy pequeño. El tejado estaba hundido —era un tejado plano, y el centro parecía a punto de derrumbarse— y la casa era de color berenjena.

No me lo podía creer.

Miré a William, que parecía ido: atónito, supongo.

Por fin me miró y dijo:

—¿Aquí creció mi madre?

—A lo mejor Lois se ha equivocado.

—No, yo también lo sabía, por la investigación. Dixie Road.

Observamos la casa. Un árbol tendía las ramas sobre el garaje y varios matorrales llegaban hasta las ventanas.

Era una casa pequeñísima.

William apagó el motor y nos quedamos callados sin salir del coche. El interior de la casa estaba oscuro. No se veía nada por las ventanas. Costaba imaginarse a nadie ahí dentro. Todo estaba rodeado de hierba alta y retoños de árboles. Incluso dentro habían crecido dos retoños que asomaban por el tejado casi hundido.

Vi que William estaba perplejo y me dio mucha lástima. Lo comprendí: en la vida habría podido imaginarme que Catherine venía de un sitio como aquel. Al cabo de un rato me miró y dijo: «¿Ya?». Contesté: «Vamos». Arrancó el coche y siguió hacia delante. La carretera era demasiado estrecha para dar la vuelta, no tenía salida y, al final, con muchas maniobras, William consiguió enfilar el coche en dirección contraria. El hombre seguía en la puerta de su casa y otra vez nos miró lleno de ira.

El sofá del cruce había desaparecido.

—Esto es una película de terror —dijo William.

Nuestro avión salía a las cinco, y volvimos a Bangor en silencio. Pasamos por un restaurante con la pintura desconchada. Era evidente que llevaba mucho tiempo cerrado y en la entrada había un cartel que decía, con letras muy grandes: ¿SOY EL ÚNICO QUE SE ESTÁ QUEDANDO SIN GENTE QUE LE CAIGA BIEN?

—William —dije al cabo de un rato.

—¿Qué?

—Nada —y por fin me atreví a decir en voz baja—: William, te casaste con tu madre.

Volvió la cabeza y me miró:

—¿Qué quieres decir?

—Que era como yo. Que venía de la más absoluta pobreza y a lo mejor había tenido un padre horrible... Seguro... No sé lo que digo. Pero te casaste con el mismo tipo de mujer, William. Con la cantidad de mujeres que hay en el mundo, elegiste a una mujer como tu madre. Yo... yo también abandoné a mis hijas.

William paró el coche en el arcén. Se quedó callado y me miró. Estuve casi a punto de evitar su mirada, porque hacía años que no me miraba tanto rato seguido.

—Lucy —dijo entonces—. Me casé contigo porque estabas llena de alegría. Simplemente estabas llena de alegría. Y cuando vi de dónde venías, cuando fuimos ese día a conocer a tu familia para anunciarles que íbamos a casarnos, casi me muero al ver de dónde venías, Lucy. No tenía ni idea de que vinieras de ahí. No paraba de pensar: ¿Por qué es cómo es? ¿Cómo puede tener esa frescura viniendo de aquí? Y sigo sin saber cómo podías. Eres única,

Lucy. Eres un espíritu. ¿Te acuerdas de que el otro día, en esos barracones, te pareció que estabas entre dos mundos o algo así? Bueno, pues yo te creo, Lucy, porque eres un espíritu. Nunca ha habido nadie como tú —y al momento añadió—: Le robas el corazón a todo el mundo, Lucy.

Sacó el coche a la carretera.

Me quedé pensando en lo que acababa de decir William, y tuve la sensación de que aquel día, el día que subí al coche de la señora Nash, me invadió una felicidad total.

—Ay, Pillie —dije en voz baja.

Pero William no dijo nada más.

Y entonces William empezó a encerrarse. Noté cómo se encerraba poco a poco. Aunque la cara no cambia —esto es muy raro—, parece como si por detrás todo se replegara. Lo que quiero decir es que se le ve cómo se aleja. Y ese día tenía esa cara mientras iba al volante.

Al cabo de un rato, por hablar de algo, dije:

—Nuestra historia es muy americana.

—¿Por qué? —preguntó William.

—Porque nuestros padres combatieron en bandos distintos y tu madre era muy pobre, igual que yo, y nosotros vivimos en Nueva York y los dos hemos tenido éxito.

Y William contestó sin mirarme, casi automáticamente.

—Bueno, eso es lo que se llama el sueño americano. Piensa en todos los sueños que no se hicieron

179

realidad. Piensa en ese veterano de guerra con el coche lleno de basura que vimos al llegar, el primer día.

Miré por la ventanilla. Caí en la cuenta de que el hombre que estaba en la puerta de su casa, en Dixie Road, el que nos miró con tanta ira, tenía edad suficiente para ser veterano de la guerra de Vietnam, que a lo mejor esa era su historia. Como ya he dicho antes, yo apenas sabía nada de la guerra de Vietnam. Cuando era pequeña vivíamos muy aislados y no conocía a nadie que hubiera estado en la guerra. Esto cambió cuando fui a la universidad y conocí a William. Y le dije:

—Tuviste mucha suerte con Vietnam, William, por sacar un número tan bueno cuando te llamaron a filas. Piensa lo distinta que podría haber sido tu vida.

—Lo he pensado toda la vida —asintió. Y no dijo nada más.

Entonces me pregunté si no le habría arrebatado algo a William al haber entrado yo a ver a Lois Bubar. Si me hubiera parado a pensarlo un momento y le hubiera dicho que viniera conmigo, Lois a lo mejor habría sido tan amable con él como lo fue conmigo. Me molestó la idea, al ver a William al volante, encerrado en sí mismo. Me acordé de que su primera pregunta había sido: «¿Quiere verme?».

Y tuve que decirle que no. Le cambió la cara: puso ese leve gesto de desconcierto que pone a veces. Y pensé: Otra mujer que lo rechaza, seguro que está pensando eso. Y otra vez me acordé de la profesora de la guardería que no volvió a cogerlo en brazos después de haberle hecho sentirse tan especial. Y luego pensé que a lo mejor lo habían mandado a la guardería porque su madre le contó a su padre lo de la niña, y tenían problemas, y tal vez Catherine no era capaz de cuidarlo en ese momento. Eso tenía cierto sentido.

—William —le dije—, siento haber salido corriendo del coche para ver a Lois. Debería haberte dicho que vinieras conmigo, en vez de salir así…

Me miró.

—Bah, Lucy, ¿qué más da? En serio. ¿Qué más da que no la haya visto? Tenía miedo y tú has intentado ayudarme —y al rato añadió—: No te preocupes por eso. ¡Ay!

Pero seguía teniendo la misma cara.

Llegamos al aparcamiento del aeropuerto, enorme y vacío. Tuvimos que dar algunas vueltas para ver dónde dejábamos el coche, a pesar de lo vacío que estaba todo, y por fin sacamos las maletas y entramos en la terminal. Me pareció aún más rara que la noche de nuestra llegada. Era pequeña. Y resultaba extraña: eso pensé cuando entramos. No había dónde comer algo. Era media tarde.

Aún no habíamos pasado los controles de seguridad cuando William dijo:

—Oye, Lucy, necesito dar un paseo.

—Vale. ¿Quieres compañía?

Negó con la cabeza y le dije:

—Déjame a mí la maleta.

Pero yo tenía hambre, y no había dónde comer en el aeropuerto, así que —con las dos maletas—, volví a la pasarela que comunicaba el aeropuerto con el hotel, crucé las puertas dobles y vi que el restaurante estaba cerrado. Abrimos a las cinco, indicaba un cartel. Suspiré, di media vuelta y pensé: ¿A qué hora come la gente aquí? Y justo en ese momento vi al hombre más gordo que había visto en mi vida. Se acercaba a las puertas que yo acababa de cruzar. Abrió solo una hoja de la puerta y no cabía por ella. No parecía mayor. Tendría unos treinta años. No lo sé. Se le abombaban los pantalones como un barco y tenía la cara hundida en los hombros. Solté una maleta y empujé la otra hoja de la puerta para ayudarlo. Me sonrió como con vergüenza. «Pase», dije. «Gracias», contestó con una sonrisa tímida, y fue hacia el mostrador de recepción del hotel.

Mientras volvía al aeropuerto pensé: Sé cómo se siente ese hombre. (Aunque en realidad no lo sé, para nada). Y entonces me vino esto a la cabeza: Es raro, porque por un lado me siento invisible y por otro sé lo que significa llevar el estigma de que no formas parte de la sociedad; solo que en mi caso nadie lo ve cuando me mira. Pero eso pensé del hombre obeso. Y de mí.

Desde una ventana del aeropuerto vi a William paseando por el enorme aparcamiento. Se alejó por un lado hasta que casi lo perdí de vista y luego apareció por el otro y vi que se paraba y negaba con la cabeza varias veces. Después siguió andando.

Ay, William, pensé.

¡Ay, William!

Cuando estábamos sentados en el aeropuerto volví a fijarme en su cara. Reconocía perfectamente su expresión: se había ido.

—Cuéntales tú a las chicas lo que ha pasado —me pidió—. A mí no me apetece.

Le dije que sí. Embarcamos. El avión era pequeño y no encontramos sitio para dejar las maletas encima de nuestros asientos, pero el auxiliar de vuelo, un joven muy amable, se las llevó y nos dijo que las recogiéramos en la pasarela, que las dejarían en la puerta cuando desembarcáramos.

William se sentó en el asiento del pasillo, porque tiene las piernas más largas que yo. Hablamos de varias cosas —él volvió a recordar, en tono apagado, que Lois Bubar no había querido verlo— y luego nos quedamos callados, y el vuelo no fue largo. Al ver Nueva York por la ventanilla, sentí lo que he sentido casi siempre cuando vuelvo a Nueva York en avión: asombro y gratitud a esta inmensa ciudad por haberme acogido, por haberme permitido vivir en ella. Es lo que siento siempre cuando la veo desde el cielo. Una oleada de profundo agradecimiento, y al volverme hacia William para decírselo vi que tenía una gota de agua en la mejilla, y, cuando me miró de frente, vi que tenía otra gota de agua en el otro ojo. ¡Ay, William!, pensé.

Negó con la cabeza, dándome a entender que no quería consuelo, aunque ¿quién no quiere consuelo?, pero no quería mi consuelo, y mientras esperábamos las maletas en la pasarela no dijo nada y ya no tenía lágrimas. Sin embargo estaba ausente: lo estaba cada vez más desde que llegamos al aeropuerto de Bangor.

Fuimos con las maletas a la parada de taxis, y William se metió en el primer coche y me dijo: «Gracias, Lucy. Te llamo pronto».

Pero no fue así. No me llamó pronto.

Mientras cruzábamos el puente —esa tarde, en mi taxi—, de pronto me acordé de algunos momentos, al poco de casarnos, en nuestro apartamento del Village, en los que lo pasé fatal. Era por mis padres, por la sensación de haberlos abandonado —porque los había abandonado—, y a veces me iba a llorar al dormitorio, con un dolor espantoso por dentro, y William venía y me decía: «Habla conmigo, Lucy. ¿Qué te pasa?». Pero yo negaba con la cabeza hasta que me dejaba sola.

¡Qué horror!

No se me ocurrió hasta ese instante. Negarle a mi marido la oportunidad de consolarme era un horror.

Y no me había dado cuenta.

Así es la vida: son muchas las cosas de las que no nos damos cuenta hasta que es demasiado tarde.

Cuando entré en casa, esa tarde, me pareció muy vacía. Supe que siempre estaría vacía, que David no volvería a cruzar esa puerta, con su cojera, y sentí una desolación indescriptible. Llevé la maleta al dormitorio y luego fui a sentarme en el sofá del cuarto de estar, y mirando el río me horrorizó la sensación de vacío de la casa.

¡Mamá!, llamé a la madre que me había inventado a lo largo de los años. ¡Mami, me duele, me duele!

Y la madre que me había inventado a lo largo de los años contestó: Ya sé que te duele, cariño. Ya lo sé.

Pensé esto:

Hace muchos años vi un documental de mujeres en prisión y de sus hijos, y había una presa, muy grande, con una cara preciosa, que tenía a su hijito en las rodillas, un niño de unos cuatro años. El documental hablaba de lo importante que era que los niños estuvieran con sus madres, y era una novedad —entonces— que en esa prisión dejaran a los hijos visitar a sus madres de esa manera. El niño estaba sentado en las rodillas de aquella mujer enorme, mirándola. Y le dijo en voz baja: «Te quiero más que a Dios».

Siempre me acordaré de eso.

Quedé con las chicas en Bloomingdale's ese sábado. Fue maravilloso verlas, a ellas y a toda la gente. Normalmente, a finales de agosto parece que todos los ricos de Nueva York se han ido a los Hampton, pero había muchos clientes habituales: mujeres mayores y flacas como un palo con la piel de la cara estirada y los labios hinchados. Me encantó verlas. Me inspiraron ternura: es lo que quiero decir.

Me fijé bien en Chrissy y no me pareció que estuviera embarazada. Se rio un poco de mí y me dio un beso.

—La especialista me ha dicho que no haga nada —me explicó— y que no me preocupe hasta dentro de tres meses, y como todavía no han pasado tres meses estoy haciendo lo que me han dicho. Así que no te preocupes tú tampoco.

—Vale. No me preocupo.

Nos sentamos a una mesa.

—¡Venga, cuéntanoslo todo! —me pidieron.

Les conté todo lo que había pasado en el viaje. Me escucharon con mucho interés. Se quedaron tan asombradas como yo al enterarse de esas cosas de Catherine.

—¿Habéis hablado con él? —les pregunté entonces.

Las dos dijeron que sí con la cabeza.

—Pero está muy gilipollas —añadió Chrissy.

—¿En qué sentido? —dije.

—Nada comunicativo. Ya sabes cómo se pone a veces. —Chrissy se apartó el pelo de la cara.

—Bueno, creo que le ha dolido mucho. —Las miré a las dos—. Ha sido un doble golpe: primero lo deja Estelle y luego su hermanastra no quiere verlo. En realidad ha sido un triple golpe, porque también ha visto la casa de su madre. Esa casa, chicas, es... es... espantosa. Quiero decir que vuestro padre no tenía ni idea de que Catherine venía de un sitio así. Ni la más remota idea.

Se quedaron pasmadas —como William y yo— cuando les describí la casa en la que Catherine había pasado su infancia.

—Es rarísimo —dijo Chrissy—. Quiero decir que la abuela jugaba al golf.

Entendí lo que quería decir.

Luego, mientras tomaba una cucharada de yogur helado, añadió:

—Nosotras también tenemos una hermanastra, mamá, y yo me siento muy responsable de ella. Me gustaría no tener esa sensación pero la tengo.

—¿Cómo está Bridget? —pregunté.

—Está sufriendo, mamá —dijo Becka—. Me da pena.

—¿La habéis visto?

Me contaron que habían quedado con ella hacía unos días. Me sorprendió y me conmovió. La llevaron a merendar a un hotel.

—Estuvo muy simpática con nosotras —dijo Chrissy—. Y nosotras con ella, pero estaba triste. No fue fácil.

—A lo mejor fue una tontería llevarla a merendar —añadió Becka—. Pero es que no sabíamos qué hacer con ella. No se nos ocurría ninguna peli. A lo mejor tendríamos que haberla llevado de compras.

—¡Ay! —exclamé. Y luego le pregunté a Chrissy—: ¿Por qué te sientes responsable de Bridget?

—No lo sé. Supongo que porque es mi hermana, ya sabes.

—Bueno, ha sido un detalle lo que habéis hecho —señalé, y se encogieron de hombros.

—Siento haberte preguntado si papá y tú ibais a volver —se disculpó Becka.

—No te preocupes. Comprendo la pregunta.

—¿La comprendes? —dudó Chrissy.

—Pues claro. Pero no vamos a volver.

—Eres lista —dijo Chrissy, y luego observó—: Es muy raro pensar que la abuela era esa persona de la que nos has hablado. A mí me parecía la mujer más normal del mundo. La quería.

—Yo también —afirmó Becka.

Y entonces recordaron algunas cosas de su abuela: su casa y el sofá de color mandarina y cómo las abrazaba.

—A mí me estrujaba tanto que me rompía —dijo Becka—. La quería mucho.

Y tuve que darles la razón, coincidir en que era extraño que su abuela hubiese tenido otra vida de la que ni ellas ni William ni yo sabíamos nada.

Volvieron a interesarse por Lois Bubar.

—Pero ¿te cayó bien? —preguntó Becka.

—Sí, más o menos. Tened en cuenta que se pasó la vida pensando que papá sabía que tenía una hermana. Así que, dadas las circunstancias, fue muy amable.

—Fue amable, como su calle: Pleasant Street —señaló Chrissy.

Y dije que sí, como su calle.

—Esto está a la orden del día —dijo Becka—. Por culpa de esas páginas web.

Y nos contó que un conocido suyo acababa de saber que era medio noruego. Resultó que su padre no era el hombre con quien se había criado sino otro. Su verdadero padre era noruego.

—Literalmente, era el cartero —añadió.

—¡Anda ya! —protestó Chrissy.

Pero Becka le aseguró que el padre de este chico era literalmente el cartero. De ascendencia noruega.

Les conté que su padre había dicho «Me cago en Lois Bubar» cuando estábamos en la estación, imaginándonos la huida de Catherine.

—Me sorprendió —confesé.

Chrissy se limpió la boca con la servilleta.

—¿Te sorprendió que dijera eso?

—En ese momento, sí. Un poco.

—Es su hermanastra y no ha querido conocerlo —dijo. Y añadió—: Yo creo que papá puede ser un poco infantil. Vamos, que en parte entiendo que no quisiera conocerlo.

—Bueno, ella no sabe que él puede ser... infantil —observé.

—Sí, ya, ya —asintió Chrissy enseguida—. No quería decir eso.

—Es su hermanastra —dijo Becka—. Esa debería ser su razón principal para conocerlo.

Chrissy se quedó un momento mirando al vacío y por fin respondió a su hermana:

—Imagínate cómo te sentirías si Bridget viniera a vernos cuando tuviéramos setenta años y nos dijera... Bueno, si apareciera de pronto y nosotras no supiéramos nada de ella y nos dijera que papá era un padre maravilloso.

—No te entiendo.

Yo pensé que sí lo entendía. Tenía que ver en parte con los celos que sienten los niños.

Me entraron ganas de escribir a William y decirle: Deja de ser un gilipollas con las chicas.

Pero me aguanté.

Me despedí de ellas con cierta tristeza. Nos dimos un abrazo, como siempre, y nos dijimos que nos queríamos.

Volviendo a casa, pensé en cómo las chicas habían llevado a Bridget a merendar a un hotel. Dado quién era Bridget, quiénes eran las tres, no es que esto fuera sorprendente, pero se me hacía muy raro pensar que mis hijas —solo nos separaba una generación— fueran tan distintas, tan tan distintas de mí y de mis orígenes. Y también de los orígenes de Catherine. No sé por qué me vino esta idea con tanta fuerza en ese momento, pero así fue.

Luego, por alguna razón, me imaginé a Catherine con la edad que tendría ahora. Me impresionó pensar en ella tan mayor; me dio muchísima pena, como nos la da imaginar a nuestros hijos ancianos, pálidos y arrugados, sin esa expresión poderosa y vibrante, agarrotados, *agotado su tiempo*, cuando nosotros ya no estemos aquí para ayudarlos. (Parece impensable pero así será).

He pensado a menudo por qué, en cuanto murió Catherine, yo quise recuperar mi apellido. Lo recuerdo como una muestra de rechazo: tenía la sensación de que Catherine había estado demasiado presente en nuestra vida. De eso hace ya mucho tiempo y en realidad no sé por qué lo hice. Pero al pensar en esto me acordé de que William, después de que muriera Catherine, soñó que íbamos los tres en un coche —ella conduciendo, él a su lado y yo detrás—, y que no dejábamos de embestir a los coches que iban delante.

Ay, Catherine, pensé...

Cuando tuve que cuidar de ella, me gustó. Quiero decir que me gustó cuidar de ella. Sentía que había entre nosotras una intimidad natural. Creo que la había.

Y cuando murió, su mejor amiga, que no vino a verla ni una sola vez en sus dos últimos meses de vida, me dijo: «Catherine te apreciaba mucho, Lucy —y añadió—: Quiero decir que sabía... Bueno, tú ya lo sabes... Era consciente de que había... Bueno —se dio por vencida, lanzando una mano al aire—, que te apreciaba mucho». No le pedí que me lo aclarara, porque eso no va conmigo. Me limité a decir: «Yo también la apreciaba. La quería». Pero sentí —y sigo sintiendo— una pequeña puñalada de traición. Le había contado algo (¿casi?) negativo de mí a su amiga, y aquello me sorprendió y me dolió un poco.

Pero pasó algo extraño. Cuando murió Catherine, recuerdo que pensé: Al menos ahora ya puedo comprarme la ropa que quiera, y poco después fui a comprarme un camisón.

Llamé a William dos semanas después de que volviéramos. Lo llamé para ver cómo le iba y me dijo: «Bueno, Lucy, voy tirando». Me quedó claro que no tenía ganas de hablar... ¿Estaría buscando a su nueva Pam Carlson? ¿Incluso a la antigua Pam Carlson? Era muy probable.

Aun así me sentí fatal. Me sentí como cuando murió David. No había dejado de sentirme así, pero estar con William en Maine me sirvió de distracción, y entonces me di cuenta. Fue una simple distracción para olvidarme del dolor por la muerte de mi marido, a quien tanto quería.

Solo que él estaba muerto y William no.

Y lo cierto es que todas las noches, cuando doblaba la esquina de mi calle, volviendo de comprar comida o de pasar un rato con alguien, me imaginaba que me encontraba a William sentado en el vestíbulo del portal, y que al verme se levantaba despacio y me decía: «Hola, Lucy». Siempre me imaginaba la misma escena y pensaba: Volverá conmigo.

Pero no.

Poco después, cuando ya era septiembre, me encontré con Estelle. En Bleecker Street hay una tienda para..., bueno, supongo que para gente elegante... Hay muchas tiendas así en el Village pero había una que yo sabía que a Chrissy le gustaba, y como faltaba poco para su cumpleaños, fui al Village, entré en la tienda y vi a una mujer que me miraba, se daba la vuelta y volvía a mirarme. Era Estelle, y noté que le habría gustado que no me hubiera dado cuenta.

—Hola, Lucy.

—Hola, Estelle. —Como no hizo amago de darme un beso, yo tampoco lo hice, pero le pregunté—: ¿Cómo estás, Estelle?

Dijo que estaba bien. Pensé que parecía mayor. Tenía el pelo más largo, y esa rebeldía que yo siempre había admirado en su pelo me pareció de pronto un poco extravagante, ahora que lo tenía más largo. Pensé que no le favorecía, a eso me refiero.

—¿Cómo está William? —preguntó entonces.

—Bueno, ya sabes. Está bien. —Me costó sonreír. No me encontraba a gusto con ella.

—Bien. Bueno... —vi que no sabía qué decir y no quise ayudarla. Y luego dijo—: ¿Chrissy y Becka están bien? —Caí en la cuenta de que Estelle ya nunca volvería a saber de ellas si no era a través de Bridget. Y añadió con cautela—: Sé que Chrissy tuvo un aborto justo antes de que yo...

Le conté que Chrissy estaba yendo a una especialista para intentar quedarse embarazada, y dijo: «¡Ah!», y me puso una mano en el brazo. Aun así me resistía a ayudarla. Pero me pareció que tenía que preguntar por Bridget, y pregunté, y Estelle dijo: «Está muy bien. Ya la conoces».

Me entraron ganas de decirle: Me han dicho que está muy triste. Pero me quedé callada y Estelle se despidió.

—Bueno, Lucy, adiós.

Y entonces, cuando ya se marchaba, le vi un gesto de tremendo dolor y me conmovió tanto que la llamé:

—Espera. —Se volvió y le dije—: Estelle, has hecho lo que tenías que hacer y no tienes que preocuparte por nadie —eso le dije, o algo por el estilo. Quería ser amable con ella, ya que al principio no lo había sido.

Y creo que se dio cuenta, porque de pronto me habló con total sinceridad:

—Ya sabes, Lucy, que cuando una mujer deja a su marido, todo el mundo se compadece del marido, ¡y es normal! Solo digo que... —Echó un vistazo a la tienda con sus bonitos ojos y volvió a mirarme—. Solo digo que para mí tampoco es tan fácil; ya sé que no se trata de eso, y no quiero ser el centro de atención, pero para mí también es una pérdida. Y para Bridget.

En ese momento casi sentí que la quería.

—Entiendo perfectamente lo que quieres decir, Estelle. —Creo que vio en mi cara que era cierto, porque me abrazó y nos dimos un beso en la mejilla, y Estelle se echó a llorar.

—Gracias, Lucy. —Se separó de mí y me miró—: Ay, Lucy, ha sido maravilloso verte.

Dos semanas después la vi en Chelsea, un barrio al que casi nunca voy, pero ese día había quedado con una amiga que acababa de mudarse allí, y vi a Estelle en la acera de enfrente, paseando del brazo de un hombre que no era el de la fiesta —este parecía mayor, de la edad de William—, entusiasmada con la conversación, y como estaba en la otra acera no me costó hacer la vista gorda.

También pasó eso.

Pensé en Lois Bubar. Pensé que se la veía sana: quiero decir que parecía serena y satisfecha. Tenía la casa llena de fotos de su familia; la casa que había sido de su madre. Me asombró un poco pensar que vivía en la casa en la que se había criado su madre y cuidaba de los rosales de su abuela. Pero ¿por qué me asombraba? Supongo que porque irradiaba sensación de hogar, y yo nunca había tenido sensación de hogar. Su madre la quería, y me lo repitió muchas veces. Se refería a Marilyn Smith, claro, la mujer que se casó con su padre. Lois Bubar no parecía una persona abandonada en su primer año de vida. Catherine tuvo que quererla. Tuvo que cogerla en brazos y acurrucarla, preocuparse por su primera fiebre y emocionarse en silencio la primera vez que la vio levantarse en la cuna. Seguro que sí, pensé.

Nunca lo sabremos.

Sé que mi madre no era así. Y sé el precio que he pagado, aunque ni mucho menos se acerca al que han pagado mi hermano y mi hermana.

En primero de carrera tuve un profesor de literatura que nos invitaba a su casa —éramos un grupo pequeño— muchas veces. Y su mujer siempre estaba con nosotros. Más adelante trabé amistad con ambos, y ella me dijo un día —cuando yo ya estaba en el último curso—: «Siempre me acuerdo de que, el primer día que viniste a casa, pensé: Esa chica no tiene ni idea de lo que vale».

La historia de mi hermano es demasiado dolorosa y no puedo contarla. Es un buen hombre, que ha vivido siempre en la casita en la que crecimos. Que yo sepa nunca ha tenido novia ni novio.

La vida de mi hermana también es dolorosa. Ella era más peleona, y creo que eso probablemente la ha ayudado. Pero tuvo cinco hijos, y la pequeña hizo lo mismo que yo: conseguir una beca para ir a la universidad. Aunque al cabo de un año volvió a casa —mi sobrina—, y ahora trabaja en la misma residencia de ancianos que mi hermana.

Mi hermano y mi hermana, cada vez lo veo más claro, a pesar de lo borroso que sigue estando todo, no han tenido la vida que tiene la gente que ha nacido del amor.

Me sorprende —tanto como le sorprendía a mi encantadora psiquiatra— haber llegado a ser capaz de amar. Me dijo: «Mucha gente en tu caso, Lucy, ni siquiera lo intenta». Y también me asombra que hubiera en mí eso que William había llamado alegría.

Era alegría.
¡Quién sabe por qué!

Recuerdo que cuando era estudiante y viví un año fuera del campus —aunque estaba casi siempre en el apartamento de William—, de camino a clase pasaba a diario por delante de una casa y me fijé en que la mujer que vivía en ella tenía hijos, y era guapa —más o menos, creo— y, en vacaciones, la mesa del comedor se llenaba de comida, y alrededor de la mesa se sentaban sus hijos, casi mayores, y su marido —supongo que sería su marido— en la cabecera, y cuando yo pasaba por la ventana, pensaba: Así seré yo. Así seré yo.

Pero fui escritora.

Y eso es una vocación. Y creo que la única persona que me ha enseñado algo relacionado con la escritura fue quien me aconsejó: «No te endeudes y no tengas hijos».

Pero yo quería tener hijos, más de lo que quería mi trabajo. Y tuve a mis hijas. Aunque también necesitaba mi trabajo.

Y ahora, a veces pienso que ojalá hubiera sido distinto... Sé que es una tontería, y que es sentimental, y que es absurdo, pero la idea me sigue viniendo a la cabeza:

Renunciaría a todo, al éxito que he tenido como escritora, renunciaría por completo —en lo que dura un latido—, a cambio de una familia unida y unas hijas que se supieran plenamente queridas por sus padres, que estuvieran unidas y se quisieran.

A veces pienso esto.

Hace poco se lo conté a una amiga de la ciudad que también es escritora y no tiene hijos. Y me dijo: «Lucy, sencillamente no te creo».

Me molestó un poco que dijera aquello. Me invadió una oleada de soledad. Porque lo que le había dicho era cierto.

No me equivocaba en lo de una nueva Pam Carlson. William me llamó por teléfono cuando ya había pasado más de un mes desde que volvimos de Maine y me pidió: «Lucy, ¿puedes buscar en Google a esta persona?». Me dio el nombre de una mujer, busqué y al segundo le dije: «Ni se te ocurra. Por favor». Y dijo: «Ay, Lucy. Gracias».

Cuando William y yo estábamos solteros —entre nuestros diferentes matrimonios— hacíamos estas cosas, nos aconsejábamos.

No puedo decir exactamente qué fue lo que no me gustó de la mujer a la que me pidió que buscara en Google ese día, pero la vi en una foto, en un acto social, con más gente, vestida de largo: era unos diez años más joven que yo, y el local parecía bien escogido, pero vi en su cara, en su alma —por así decir—, algo que me echó para atrás, porque creo que en parte puedo tener ese derecho. Y William me contó:

—La conocí por casualidad, y me está presionando mucho, y el otro día me invitó a su casa, y no sabía cómo salir de allí.

—Pues no vuelvas —contesté—. No te conviene.

—Gracias, Lucy —y añadió—: Ahora me va a odiar, porque la he perseguido, pero nada más conseguirla... Madre mía, no la aguanto.

—¿Y qué más da si te odia?

—Tienes razón —asintió.

Así fue.

Unas cuantas veces —últimamente— he tenido la sensación de que la cortina de mi infancia volvía a cerrarse a mi alrededor. Una sensación de aislamiento angustiosa; un horror mudo. Esa es la sensación que me acompañó a lo largo de toda mi infancia, y el otro día volvió a asaltarme de golpe. Recordar con tanta serenidad y viveza la funesta sensación con la que crecí, verla representada de esta manera, saber que nunca podría salir de aquella casa (salvo para ir al colegio, que era lo más importante del mundo para mí a pesar de que no tenía amigos, por el mero hecho de *estar fuera de casa*), ver cómo regresaba todo esto me produjo un abatimiento y una melancolía espeluznantes. No tenía escapatoria.

Lo que quiero decir es que cuando era joven no tenía escapatoria.

Lo cual me hizo acordarme de una vez que fui a dar una charla en el sur profundo, justo antes de que David cayera enfermo, y de que al día siguiente, de camino hacia el aeropuerto, la organizadora me dijo: «No parece usted muy urbanita». Ella se había criado en Nueva York, y no supe cómo interpretar su comentario. Creo que no fue amable.

Pero cuando lo dijo me acordé de mi casa diminuta. Y al momento fue como si me envolviera una nube tenebrosa, y desde entonces no he parado de pensar esto:

Que desde hace unos años, vuelvo a notar el hedor, por cómo reacciona la gente a veces —eso me parece—, como si mi olor les molestara. No sé si la mujer que me llevó ese día al aeropuerto tendría esa sensación.

Al pensar en esto me acuerdo de Lois Bubar, de cuando dijo que Catherine Cole tenía una pinta muy «urbanita», sin medias y con aquel vestido de ribetes, y me digo: Catherine, tú lo conseguiste,

¡fuiste capaz de cruzar la frontera entre dos mundos! Creo que en parte lo consiguió. Jugaba al golf. Iba de vacaciones a las islas Caimán. ¿Por qué unos saben hacer estas cosas y otros, como yo, siguen desprendiendo siempre el leve olor de sus orígenes?

Me gustaría saberlo. Nunca lo sabré.

Catherine, con ese perfume personal que usaba siempre.

Quiero decir que existe un punto ciego cultural que nunca desaparece, jamás, solo que no es un punto sino un lienzo en blanco, enorme, que vuelve la vida aterradora.

Es como si William me hubiera arrojado al mundo. En la medida en que se me podía arrojar. Eso hizo por mí. Y lo mismo hizo Catherine.

¡Ay, cuánto echaba de menos a David! Pensaba en que los dos últimos días antes de su muerte no dijo nada, ni siquiera se movió, y cuando se murió yo no estaba a su lado: había salido un momento a llamar por teléfono. Desde entonces he sabido que esto es frecuente: que la gente espera a que sus seres queridos salgan de la habitación para poder morir.

Pero la enfermera me dijo... dijo... (¡ay, Dios!...) dijo que David había hablado, que no había abierto los ojos pero sí había hablado. Sus últimas palabras fueron: «Quiero irme a casa».

Yo pensaba que no había tenido un hogar con él, pero ¡sí lo había tenido! Este era nuestro hogar, este apartamento pequeño, con vistas al río y a la ciudad.

No lamentaba estar aquí, a pesar de mi dolor.

De pronto me acordé de cuánto le gustaban a David las frambuesas con los cereales para desayunar. Frambuesas frescas. Iba a un mercadillo de agricultores que ponían los domingos en el mes de julio, compraba frambuesas y las congelábamos para tomarlas a lo largo del año con los cereales por la mañana, y me acuerdo de que una mañana, cuando faltaban cuatro días para que le hicieran una colonoscopia y el médico le había dicho que no tomara fibra los cinco días anteriores, cuando empezamos a tomar los cereales —ese era uno de mis momentos favoritos del día: el desayuno con mi marido—, David dijo: «Espera, faltan mis frambuesas», y al recordarle lo que había dicho el médico vi que le cambiaba la cara —le cambió como a un niño cuando se pone triste, y ya sabemos lo triste que puede ponerse un niño— y preguntó: «Pero ¿hoy ya no puedo?».

Así que me levanté, fui a por las frambuesas —David sacaba un puñado del congelador todas las noches, para tomarlas con los cereales a la mañana siguiente— y dije: «Vale, aún tienes tiempo», y se tomó sus cereales con frambuesas aquella mañana, tan contento.

Cuento esto porque es uno de esos extraños recuerdos que tenemos cuando muere una persona a la que queremos mucho: David se tomó sus frambuesas aquella mañana, tan contento. Pero cuando me acuerdo me duele en el alma.

Voy a contarles solo una cosa más sobre David; una más y punto:

Llevaba tres o cuatro años yendo a la Filarmónica con un hombre con el que estaba saliendo. Me había fijado en el chelista, porque entraba en el escenario muy despacio; tenía mal una cadera, por un accidente de la infancia (eso lo supe más tarde, como ya he contado), y era bajito, con unos kilos de más, y siempre entraba o salía del escenario —a veces me quedaba para verlo salir— muy lentamente, a trompicones, y parecía mayor de lo que era. Tenía una calva pequeña y el pelo gris. Y era una maravilla cómo tocaba el chelo. La primera vez que le oí tocar uno de los *Estudios* de Chopin en do sostenido menor pensé: Es lo único que quiero. Aunque no sé si llegué a tener ese pensamiento. Lo que quiero decir es que no quería nada más en el mundo que oírlo tocar.

Cuando dejé de salir con aquel hombre, fui a la Filarmónica un par de veces, sola, y la segunda vez, al volver a casa, busqué en Google al chelista y tardé un buen rato en encontrar su nombre —David Abramson—, y no sabía si estaba casado. No había prácticamente más información, aparte de que tocaba en la Filarmónica. La tercera vez que fui al auditorio sola, cuando terminó el concierto y lo vi salir del escenario, de repente se me ocurrió: Voy a abordarlo. Así que busqué la puerta de artistas por la que saldría, y por allí salió. Era octubre y no hacía frío. Me acerqué y le dije: «Disculpe, siento mucho molestarlo pero me llamo Lucy y le adoro». ¡No me podía creer que hubiera dicho eso! Y expliqué: «Quiero decir que adoro su música». Y el pobre hombre se quedó delante de mí —era casi de mi misma estatura, que no es gran cosa— y contestó: «Muchas gracias». Y ya se marchaba cuando añadí: «Perdone. Tal como lo he dicho parece un disparate. Lo que quiero decir es que me encanta su música desde hace años».

Y se quedó a la luz de la puerta, mirándome, mientras yo miraba cómo me miraba, hasta que por fin dijo: «¿Cómo ha dicho que se llamaba?». Se lo repetí. «Bueno, Lucy, ¿le apetece tomar una copa o un café o comer algo? Lo que usted prefiera».

Más adelante, siempre decía que lo nuestro fue casi providencial.

Nos casamos en cuestión de seis semanas, y esta vez no me importó volver a casarme, como me había ocurrido otras veces, por lo rarísima que me había sentido después de hacerlo con William.

Con David Abramson nunca me sentí rara ni extraña: la vida con él fue siempre exactamente igual desde la noche en que nos conocimos.

Me acordé de William las semanas siguientes, y de que había pensado que con él me sentía segura. Y no entendí qué pudo haberme llevado a pensar aquello, porque no tenía sentido. Pero en la vida las cosas no tienen sentido. Y pensé: ¿Quién es este hombre, William?

También pensé que se había casado con su madre, como le dije aquel día en Maine. Pero ¿con quién me casé yo cuando me casé con él? Desde luego que no me había casado con mi padre.

¿Con mi madre?

No tengo respuesta a esa pregunta.

Y me acordé del hombre gordísimo al que vi en el aeropuerto, cuando volvíamos a casa, y de que me había sentido como él: invisible y al mismo tiempo marcada, aunque a primera vista nadie lo note. Y entonces pensé: Bueno, William también está marcado.

Esto me hizo pensar en Lois Bubar, cuando se inclinó hacia delante en la butaca y me preguntó por William: «¿Es que le pasa algo..., ya sabe..., algo malo?».

Y pensé: Vete a la mierda, Lois Bubar. ¡Pues claro que a William le pasaba algo! Y casi me echo a reír al ver que reaccionaba a ella igual que William.

Y entonces, una mañana —a primeros de octubre—, cuando entré en el portal después de mi paseo por el río, vi a William en el vestíbulo. Estaba sentado en una butaca, leyendo un libro, y al verme entrar cerró el libro despacio, se levantó y vino a saludarme: «Hola, Lucy». Se había afeitado el bigote. Y tenía el pelo más corto. Me pareció increíble lo cambiado que estaba.

—¿Qué haces aquí? —pregunté.

Se rio; casi soltó una carcajada.

—He venido a hacerte una pregunta —dijo con una leve reverencia, mirando de reojo al portero y luego a mí—: ¿Puedo subir?

Así que subió a casa y entró con recelo.

—Me había olvidado de cómo era tu casa —observó.

—¿Cuándo habías venido? —Estaba muy nerviosa y no entendía por qué, aparte de por lo distinto que parecía William sin bigote y con el pelo más corto.

—Cuando murió David y vine a ayudarte con los trámites —dijo, echando un vistazo a su alrededor.

¡Ah, claro!, pensé.

—Bueno, ¿qué pasa? ¿A qué viene este cambio de aspecto? —Me llevé la mano a la boca para señalar el bigote.

Se encogió de hombros.

—Me apetecía probar algo distinto. Estaba cansado del rollo Einstein —y, con un gesto casi de ilusión, dijo—: Creo que me parezco a... —nombró a un actor famoso—. ¿No te parece?

Hacía siglos que yo no veía a William con la cara afeitada, desde que éramos muy jóvenes, casi unos críos. Y él ya no era joven.

—Sí. Puede ser. Un poco. —No veía el parecido entre William y el actor al que acababa de nombrar.

Volvió a echar un vistazo al apartamento.

—Es bonito —concluyó—. Pequeño y desordenado, pero bonito. —Se sentó con incertidumbre en el borde del sofá.

—Te pareces a tu madre —dije—. ¡Madre mía, William, tienes la misma boca que Catherine!

Y era cierto. Tenía los labios finos, como los de su madre, aunque los pómulos no eran los mismos y los ojos, curiosamente, no parecían igual de grandes. Vi que había adelgazado.

El sol de la mañana entraba a chorros por la ventana que daba al río.

—¡Verás, Lucy! Richard Baxter era de Shirley Falls, Maine. No de donde estuvimos.

No sabía qué decir, así que no dije nada.

—¿Te acuerdas de que estuviste en Shirley Falls? —asentí y añadió—: Bueno, he estado investigando y he averiguado dónde nació. Genial, ¿verdad?

—Supongo.

Y entonces me miró bizqueando.

—Lucy, ¿vendrías conmigo a las islas Caimán?

—¿Qué?

—¿Vendrías conmigo a las islas Caimán?

—¿Cuándo?

—¿Este domingo?

—¿Lo dices en serio?

—Si esperamos más, nos metemos en la temporada de huracanes.

Me senté despacio al lado de la ventana.

—Ay, William, me estás matando.

Se encogió de hombros y sonrió. Luego se levantó y hundió las manos en los bolsillos.

—Mira —dijo, bajando la cabeza y mirándome a continuación casi como un niño—. Estos no me quedan cortos, ¿verdad?

Llevaba unos pantalones chinos, y lo cierto es que le quedaban un pelín largos.

—No, William. Están bien.

Se sentó de nuevo en el sofá, enfrente de mí.

—Vámonos, Lucy. —Le daba el sol en los ojos, y me levanté para echar la cortina.

—De verdad que me estás matando —repetí mientras volvía a mi asiento.

Y entonces me pareció que se ponía triste.

—Lo siento —dijo.

Estaba sentado con los codos en las rodillas, mirando al suelo, y pensé: William, ¿quién eres?

Pero fue algo más que eso. Notaba un leve temblor en todo el cuerpo, y era una sensación extraña.

William me miró por fin con aire suplicante.

—Me gustaría que vinieras conmigo, Botón.

Que me llamara así fue raro. Quiero decir que a mí me sonó raro. Poco natural o algo así.

—¿Qué libro estás leyendo? —pregunté. Lo levantó. Era una biografía de Jane Welsh Carlyle—. ¿Estás leyendo eso?

—Sí. ¿Lo conoces?

Le dije que lo había leído y que me había encantado.

—Seguro —asintió—. A mí también me gusta, aunque acabo de empezarlo.

—¿Por qué has elegido esa biografía?

Encogió levemente los hombros.

—Me lo recomendó alguien. Una mujer.

—Ah.

—Pensé que me vendría bien empezar a entender un poco mejor a las mujeres. Por eso lo estoy leyendo.

Su respuesta me hizo reír, con ganas. Me pareció graciosa. Y William me miró como si no entendiera qué tenía tanta gracia.

—La autora es amiga mía —dije, pero no pareció que le interesara demasiado.

—Anda, ven conmigo a las islas Caimán —insistió—. Nos vamos el domingo y volvemos el jueves. Pasamos tres días allí.

—Mañana te lo confirmo. ¿Es demasiado tarde?

—No sé por qué no dices que sí sin más.

—Yo tampoco.

Y luego hablamos de las chicas. Le conté que había intentado tener una visión como la que tuvo mi madre de mí cuando me quedé embarazada... Que intentaba tenerla con Chrissy.

—Pero no puedo —reconocí—. No sé si se quedará embarazada o no.

—No puedes adaptar tus visiones a tus deseos —sentenció. Y era verdad.

—Es verdad —asentí.

—Volverá a quedarse embarazada —añadió, restándole importancia con un gesto de la mano.

—Eso espero —y estuve a punto de contarle que Chrissy había dicho que estaba gilipollas, pero el hombre que tenía delante era distinto, extraño, sin su bigote y con el pelo más corto. Así que no dije nada.

Nos despedimos con un beso en la mejilla y se marchó.

Esa noche, cuando estaba en la cama pensando en William y en su cara, en la conversación que habíamos tenido, de pronto se me ocurrió: Ha perdido su autoridad.

Tuve que sentarme en la cama.

Tuve que salir de la cama y ponerme a dar vueltas.

Había perdido su autoridad.

¿Por un bigote?

Tal vez. ¿Cómo saberlo?

Y entonces me acordé de esto:

Unos años después de dejar a William, estuve con un hombre que vivía enfrente de un museo de Manhattan. Ese hombre me quería; quería casarse conmigo (era el que me llevaba a la Filarmónica), pero yo no quería casarme con él. Era buena persona, pero me ponía nerviosa. Y recuerdo que al otro lado de su casa siempre estaba la torre del museo. Todas las noches —yo iba allí unas tres veces por semana— había luz en la torreta, y siempre me imaginaba a alguien que se quedaba trabajando hasta tarde. Me imaginaba a un hombre, joven o de mediana edad, a veces a una mujer, con tal interés por su trabajo que se quedaba hasta muy tarde, y siempre me emocionaba la soledad que seguramente sentiría esa persona trabajando a aquellas horas de la noche en la torre iluminada del museo. ¡Cuánto me reconfortaba! Noche tras noche, cuando veía la luz en las ventanas de la torre del museo, me reconfortaba profundamente pensar en aquella persona solitaria que pasaba la noche en vela, trabajando.

Y tardé años en caer en la cuenta de que nunca había dejado de ver la luz, ya fuera viernes o sábado o domingo, de que la luz siempre estaba encendida, pero hasta mucho después no comprendí que allí no había nadie trabajando cuando yo miraba, pasada la medianoche y a las tres de la mañana, incluso cuando ya había demasiada claridad en el exterior para distinguir que la luz seguía encendida... Tardé muchos años en darme cuenta de que me estaba alimentando de un mito.

No había nadie en la torre por las noches.

Pero nunca he podido desprenderme —en mi memoria— de la reconfortante sensación que me produjo muchas, muchas noches de mi vida, cuando había dejado a mi marido y estaba muy asustada, ver esa luz desde la cama del hombre que dormía a mi lado, que me quería pero que siempre me ponía nerviosa. La luz de la torre me ayudó en esa época.

Aunque la luz no fuese lo que yo creía.

Y con William me había pasado lo mismo.

No me lo podía creer. Fue como una ola inmensa que se me vino encima. William era como la luz del museo, solo que yo llevaba toda la vida pensando que esa luz valía algo.

Y entonces pensé: ¡Sí que valía algo!

Me senté en la butaca a contemplar las luces de la ciudad. Desde mi ventana se ve el Empire State Building, y estuve observándolo, y luego me fijé en los edificios que tenía más cerca, donde siempre había alguna luz encendida.

Y pensé: De acuerdo. Haré lo que sea para fingir que esto no ha ocurrido.

Quería proteger a William de la revelación que acababa de tener. Y también quería protegerme a mí misma. Sí, eso era cierto, pero lo que intento decir, con la mayor honestidad posible, es que no quería, por nada del mundo, que William notara que había perdido su autoridad para mí.

Aun así, la imagen de Hansel y Gretel que me había acompañado toda la vida se esfumó. Ya no era la niña que miraba a Hansel, que buscaba su guía. Simplemente, William ya no era la persona que me inspiraba seguridad.

Sabía que era inútil tomarme una pastilla para dormir. Me levanté, me dediqué a dar vueltas por la casa y luego estuve mucho rato sentada en la butaca de la ventana.

Pensé en nuestras hijas. Becka era la que más lo necesitaba: necesitaba sentir que su padre tenía autoridad, aunque nunca hubiera pronunciado esa palabra. Pero me conmovió en lo más hondo, y pensé en la cara de Becka, dulce y aniñada. Y en Chrissy, que, probablemente, también seguía viendo a William como un hombre con autoridad; al fin y al cabo, era su padre. A mi modo de ver, Chrissy estaba mejor preparada para lidiar con él de lo que Becka lo había estado nunca. ¿Quién sabe por qué? ¿Quién sabe por qué un niño sale de una manera y otro de otra?

Empezaba a amanecer cuando le mandé un mensaje a William: Vale, voy. Y me contestó al momento: Gracias, Botón.
Entonces me quedé dormida.

A última hora de la mañana empecé a poner en la cama la ropa que iba a llevarme a las islas Caimán. Me paraba continuamente y me sentaba en la cama a pensar. Sabía, claro está, por qué William me había pedido que fuésemos a las Caimán y no a ningún otro sitio. Me imaginé sentada en una hamaca, al sol, como hacía Catherine. Me imaginé a William leyendo su libro de Jane Welsh Carlyle mientras yo también leía algo. Nos imaginé dejando a un lado los libros con frecuencia para charlar y retomando la lectura a continuación.

En un momento dado, me senté en la cama y dije en voz alta:

—Ay, Catherine.

Y luego pensé: ¡Ay, William!

Pero cuando pienso: ¡Ay, William!, ¿no quiero decir también: ¡Ay, Lucy!?

¿No quiero decir: ¡Ay, todo el mundo, ay, todos en este ancho mundo!? Porque no conocemos a nadie, ni siquiera nos conocemos a nosotros mismos.

Si acaso un poquitín; poquísimo.

Pero todos somos misteriosas mitologías. Todos somos misterios: eso quiero decir.

Puede que esto sea lo único en el mundo que sé que es cierto.

Agradecimientos

Me gustaría dar las gracias a las siguientes personas:

En primer lugar, y siempre, a mi amiga Kathy Chamberlain, que con su buen oído para la verdad tanto me ha ayudado a que mi carrera se convierta en lo que se ha convertido.

A mi difunta editora, Susan Kamil, que con su manera de creer en mí me dio la libertad para escribir lo que necesitaba y lo que quería.

Me gustaría dar las gracias también a Andy Ward, mi maravilloso editor actual, que sustituyó a Susan con la mayor elegancia; a Gina Centrello, mi abogada y editora; a todo el equipo de Random House, a quienes tanto aprecio; a mis tenaces agentes literarios, Molly Friedrich y Lucy Carson, con quienes tengo una sintonía increíble; a mi hija, Zarina Shea, por su generosidad y su confianza; a Darrel Waters, el amigo de toda la vida, por inspirar esta novela; a mis amigas Beverly Gologorsky, Jeannie Crocker y Ellen Crosby, por escucharme; a Lee y Sandy Cummings, por su impagable ayuda en la investigación sobre la experiencia de los prisioneros de guerra alemanes en Maine; al magnífico Benjamin Dreyer (Doctor B.), por su espléndida labor como editor del manuscrito. A Marty Feinman, por su apoyo a mi trabajo a lo largo de los años: gracias.

Y a Laura Linney, que, sin querer y milagrosamente, ha hecho florecer este libro de principio a fin: gracias, también.

Este libro se terminó
de imprimir en
Móstoles, Madrid,
en el mes de
enero de 2022